GABI NEUMAYER

Die dunkle Seite des Dackels

AF177219

# Über die Autorin

Gabi Neumayer hat in den letzten 30 Jahren zahlreiche Bücher veröffentlicht und war darüber hinaus journalistisch tätig. Sie lebt mit ihrem Mann in der Nähe von Köln. Was sie zur Krimikomödie »Die dunkle Seite des Dackels« inspiriert hat? Vielleicht der Nachbarsdackel, der ein wenig wie *Darth Vader* klingt. Oder ihre Häkeltiere, die unbedingt in der Anti-Aggressions-Häkelgruppe im Roman mitspielen wollten. Oder einfach die Lust darauf, einen Bankräuber wider Willen, eine Heftromanautorin, einen neurotischen Dackel und einen Schaffner auf der Flucht zusammenzuwerfen und zu sehen, was passiert.

Gabi Neumayer

# DIE DUNKLE SEITE DES DACKELS

### EIN KRIMI
### MIT HUND UND HERZ

# beTHRILLED

Vollständige ePub-to-Print-Ausgabe des in der Bastei Lübbe AG erschienenen eBooks »Die dunkle Seite des Dackels« von Gabi Neumayer.

beTHRILLED in der Bastei Lübbe AG

Die Autorin wird vertreten durch die Autoren- und Projektagentur Gerd F. Rumler (München)
Copyright © 2020 by Bastei Lübbe AG, Köln
Textredaktion: Uwe Raum-Deinzer
Lektorat/Projektmanagement: Rebecca Schaarschmidt
Covergestaltung: Christin Wilhelm, www.grafic4u.de unter Verwendung von Motiven © Shutterstock
Satz: 3w+p GmbH, Rimpar
Druck: Books on Demand GmbH, Norderstedt

ISBN 978-3-7413-0213-8

www.be-ebooks.de
www.lesejury.de

# Tag 1

*Zombies mit Laktoseintoleranz*

# 1. Kevin

Kevin Kaminski war es gewohnt, unterschätzt zu werden. Nicht, dass er besonders bescheiden oder schüchtern gewesen wäre. Nein, schuld war dieser unsägliche Vorname, der an ihm klebte wie ein Hundehaufen am Schuh.

Dabei hatte es seine Mutter gar nicht böse gemeint, als sie ihrem Kind mit einem einzigen Satz auf dem Standesamt (»Der Junge soll Kevin heißen!«) seine gesamte Zukunft versaut hatte. Sie liebte den Schauspieler Kevin Bacon, darum war ihr der Name vermutlich sogar wie ein gutes Omen für ihren Sohn vorgekommen.

Hätte er damals schon sprechen können, hätte er ihr erklärt, dass man mit einem Namen wie »Kevin Schinkenspeck« vielleicht in Hollywood ein Star werden konnte; in Deutschland bekam man damit höchstens eine Stelle als Metzgerlehrling. Sofern man es nach den Demütigungen der Schulzeit überhaupt noch wagte, eine Bewerbung zu schreiben.

Bis zur zweiten Klasse war noch alles in Ordnung gewesen. Aber dann waren sie in ein besseres Viertel gezogen, und ab da ging alles schief. Seine neuen Mitschüler hatten schnell begriffen, dass Kevin nicht nur klüger war als der Durchschnitts-Kevin, sondern auch noch klüger als sie. Also hatten sie ihn – logisch – verprügelt. Seine Lehrer durften ihn zwar nicht verprügeln, aber sie glaubten nur zu gern, dass seine Leistungen auf Betrug zurückzuführen sein mussten. Vor allem, weil sie regelmäßig Spickzettel in seiner Tasche fanden, die von Lara-Lena oder Maximilian dort deponiert worden waren.

Ohne die Empfehlung seiner Grundschullehrerin Chantal Schmitz wäre Kevin damals nicht mal aufs Gymnasium gekommen. Doch zwischen all den Alexanders und Sarah-Marias hatte er dort ebenfalls keine Chance gehabt. Mit seiner Abinote hätte er gerade mal Abfallwirtschaft studieren können. Oder Tiermanagement, was immer das sein mochte. Wahrscheinlich ein besserer Name für »Kammerjäger«.

Sobald er alt genug war, versuchte Kevin, seinen Vornamen ändern zu lassen. Keine Chance. Sein Name sei weder zu kompliziert, noch gebe er seinen Träger der Lächerlichkeit preis. So die Meinung seines Sachbearbeiters Simon von der Aue.

Kurz nach der Abifeier fing Kevins Mutter an, ihn zu drängen, er solle sich einen Job suchen. Aber Kevin zögerte. Er war nicht bereit, in irgendeinem Doofenjob zu versauern, wie es jeder von ihm zu erwarten schien. Aber was sollte er sonst tun? Was *konnte* er tun?

Und dann schlich sich ein Gedanke in seinen Kopf, der wie ein lästiger Verwandter keine Anstalten machte, wieder zu verschwinden: Warum nicht einfach kriminell werden, wie es offenbar alle Welt von einem Kevin erwartete? Zumindest so lange, bis er genug hatte, um sich einen gefälschten Pass mit einem anderen Namen zu besorgen und als Timo oder Paul woanders neu anzufangen?

Tagelang wälzte Kevin diese Idee hin und her. Er las seinem Gewissen, das ihn von diesem Plan abhalten wollte, eine Liste mit all den Ungerechtigkeiten vor, die er bislang hatte ertragen müssen. Widerwillig, aber beeindruckt gab sein Gewissen schließlich nach. Und so fuhr Kevin zum Bahnhof, wo er sich als Taschendieb das nötige Kleingeld für einen falschen Pass besorgen wollte.

Der Zeitungsladen schien ihm dafür der beste Ort zu

sein: Hier waren die Leute einerseits in Eile und andererseits durchs Lesen abgelenkt. Um nicht aufzufallen, nahm Kevin irgendeinen Arztroman aus dem Bücherständer – und in diesem Augenblick veränderte sich sein Leben.

Dr. Hendrik von Sonderbergh, der Held des Arztromans, hatte es – genau wie Kevin – im Leben nicht leicht gehabt. Sein Name war natürlich nicht das Problem gewesen, aber wegen seines unnahbaren, ständig abwesenden Vaters und seiner trunksüchtigen Mutter hatte er als Kind ein kaltes und liebloses Zuhause gehabt. Doch trotz dieser schweren Bürde war Dr. von Sonderbergh zu einem großzügigen, verständnisvollen, weltweit geschätzten Chefarzt aufgestiegen.

Wie in Trance las Kevin »Verhängnisvolles Vertrauen« gleich dort, vor dem Bücherständer, durch. Und von dieser ersten Geschichte an – in der der Arzt eine Epidemie des tödlichen Nipah-Virus verhinderte und gleichzeitig die vor dem Aus stehende Ehe einer Kinderkrankenschwester rettete – war Kevin besessen von Dr. von Sonderbergh.

Natürlich vergaß er nie, dass der Arzt nur eine erfundene Figur war. Aber das spielte keine Rolle. Er und dieser Arzt hatten beide Schreckliches erlebt. Sie waren wie Brüder! Im Gegensatz zu Kevin hatte Dr. von Sonderbergh jedoch nie aufgegeben, hatte für sein Glück gekämpft und führte jetzt ein ausgefülltes, aufregendes Leben als von allen bewunderter Chefarzt in der »Klinik am Useriner See«.

Kevin beschloss kurzerhand, ebenfalls Arzt zu werden und sich mit einer Landarztpraxis selbstständig zu machen. Vielleicht sogar in der Seenlandschaft Mecklenburg-Vorpommerns wie Dr. von Sonderbergh. Menschen zu bestehlen, das erschien ihm mit einem Mal völlig unmöglich. Was hätte der Arzt denn von ihm denken sollen!

Weil seine Abinote für ein Medizinstudium aber nicht ausreichte, fing Kevin hoch motiviert als Aushilfspfleger in einem Krankenhaus an. Er war fest entschlossen, in den nächsten Jahren genug zu sparen, um im Ausland Medizin zu studieren.

Zusammen mit seiner Freundin Soraya, die einen ähnlichen Leidensweg hinter sich hatte wie er und als Auszubildende derzeit so gut wie nichts verdiente, mietete Kevin eine Einzimmerwohnung mit einem winzigen Bad. Doch obwohl sie sich nie einen Urlaub gönnten, sich nicht einmal einen Restaurantbesuch leisteten und selbst im größten Schneesturm mit dem Rad zur Arbeit fuhren, reichte das Geld gerade so zum Überleben.

Aber Kevin war nicht bereit aufzugeben. Er wollte doch nur, was ihm zustand: eine Chance!

Im Grunde – so wurde ihm klar, als er eines Spätwintermorgens mit Raureif im Dreitagebart aufwachte, weil sie die Heizung abgedreht hatten –, im Grunde blieb ihm nur noch eine Möglichkeit.

Kevin rang dieses Mal noch heftiger mit seinem Gewissen als nach dem Abitur. Doch er hatte wirklich alles versucht, und nun gab es keinen anderen Weg mehr. Außerdem: Wenn er es richtig anstellte, würde im Grunde niemand zu Schaden kommen.

Und darum saß er jetzt hier, in dem uralten Ford Ka seines Freundes Bertil, in der Tiefgarage am Schälplatz, und sah alle paar Sekunden auf die Uhr (ebenfalls eine Leihgabe von Bertil), während er an seinem Brot vom Vortag mit längst abgelaufener Teewurst aus dem Container eines Supermarkts kaute.

8:58 Uhr. Kevin murmelte halblaut seine Lieblingsstelle aus »Der Tupfer des Todes« vor sich hin, in der Dr. von Sonderbergh sich vor einer heiklen OP Mut zusprach: »Du hast Zweifel, du hast sogar – wenn du ehrlich bist – ein wenig Angst. Aber das wirst du ihnen nicht zeigen. Du wirst gelassen lächeln, und dann tust du, was du tun musst. Denk an Schillers unsterbliche Verse, Hendrik: ›Da treibt ihn die Angst, da fasst er sich Mut / Und wirft sich hinein in die brausende Flut.‹ Also, reiß dich zusammen!«

9:02 Uhr. Kevin wischte sich den Schweiß ab, der unter der grauen Perücke hervortropfte. Er wollte doch nur, was man ihm ungerechterweise vorenthalten hatte!

9:03 Uhr. Kämpfen für sein Recht, schön und gut. Aber *so was* hätte Dr. von Sonderbergh, sein großes Vorbild, niemals gemacht. Andererseits: Wer wusste schon, was der Arzt alles hatte tun müssen, um so weit zu kommen? Es gab keine Geschichten über seine Jugend – vielleicht aus gutem Grund.

9:05 Uhr. Kevin fiel das Teewurstbrot aus der Hand und hinterließ einen dunklen Fettfleck auf seiner Hose.

9:07 Uhr. Er warf einen letzten Blick in den Rückspiegel und stieg aus. Dann schloss er das Auto ab, strich den weißen Arztkittel glatt und richtete sein Stethoskop. Am Ausgang nickte er dem Parkhauswächter würdevoll zu, bevor er hinaus in die Maisonne trat.

So früh am Morgen war hier normalerweise wenig los. Doch je näher Kevin dem Schälplatz kam, desto mehr Menschen waren in derselben Richtung unterwegs wie er.

Die meisten von ihnen waren auffällig gestylte junge Frauen, und alle trugen sie riesige Schultertaschen oder zogen Rollkoffer hinter sich her oder beides. Manche karrten Kanister mit heißem Wasser heran, andere bauten Tische und Hocker auf, legten Scheren, Bürsten, Kämme und Umhänge zurecht. Einige waren auch schon mit Kundinnen beschäftigt, die sich beim »Ersten Kölner Cut-in« umsonst die Haare machen lassen wollten.

Zielstrebig ging Kevin auf die Bank zu. Zwei Frauen in dunklen Kostümen – offenbar Bankangestellte – standen davor und sahen sich das Spektakel auf dem Platz an.

Das lief ja besser, als er erwartet hatte! Kevin warf einen Blick durchs Fenster der Bank. Ja, genau wie geplant: Der erste Schwung Kunden war zehn Minuten nach Öffnung der Bank bereits wieder weg. Darunter hatte sich, wie er wusste, wie jeden Morgen um neun auch ein Mitarbeiter der Burger-Filiale um die Ecke befunden.

Kevin wartete, bis der letzte Kunde herauskam. Dann betrat er die Bank, ging auf den einzigen besetzten Schalter zu und sagte mit tonloser Stimme: »In diesem Stethoskop befindet sich ein Sprengsatz, aber wenn Sie genau das tun, was ich Ihnen jetzt sage, wird niemand verletzt werden.«

Es war geradezu lächerlich einfach.

Leise forderte Kevin die grauhaarige Bankangestellte auf, alles Bargeld in seine Arzttasche zu packen. Sie gehorchte, ohne zu zögern. Er musste sie nicht einmal auf die Einzahlung der Burger-Filiale hinweisen.

»Wenn ich gehe, werden Sie fünf Minuten warten …«, Kevin wies auf die große Uhr in der Schalterhalle, »… bevor Sie Alarm auslösen. Sollte ich vorher irgendetwas Verdächtiges bemerken …«, er deutete auf sein Stethoskop, »… werde ich diesen Sprengsatz mitten auf dem voll besetzten Platz da draußen zünden.«

Die verängstigte Frau blickte durch die große Scheibe auf die etwa dreißig Friseurinnen und Friseure auf dem Platz, die Haare schnitten, föhnten und flochten und dabei mit ihren Kunden scherzten. Sie schüttelte heftig den Kopf. »Ich … Sie haben mein Wort.« Schweiß stand auf ihrer kreidebleichen Stirn. Ein Tropfen bahnte sich seinen Weg ihren Hals entlang.

In diesem Moment erschrak Kevin über sich selbst. Am liebsten hätte er gesagt: »Keine Angst, da ist gar kein Sprengsatz drin.« Oder wenigstens: »Es tut mir leid, ich kann nicht anders.« Doch er musste das jetzt durchziehen. Auch wenn die arme Frau sicher eine Weile brauchen würde, um dieses traumatische Erlebnis zu verwinden.

Er wünschte ihr von Herzen, dass sie es schaffte.

Als Kevin die Bank verließ, war das Cut-in in vollem Gange. Der Schälplatz platzte aus allen Nähten. Kevin hätte gern nur ein einziges Mal gerufen: »Bitte lassen Sie mich durch, ich bin Arzt!« Aber das war gar nicht nötig. Allein der weiße Kittel und sein eiliger Gang bewirkten schon, dass sich die Menge vor ihm teilte wie das Meer vor Moses.

Ein großartiges Gefühl. Fühlte man sich als Arzt immer so? Kevin konnte Dr. von Sonderbergh förmlich hören: *Nicht immer, aber sehr oft, mein Freund. Wenn du erst einmal ein Leben gerettet hast, das verloren schien …*«

Ja, wenn er Glück hatte, hatte Kevin heute tatsächlich ein Leben gerettet. Sein eigenes.

Beschwingt eilte er über den Platz. Doch als er in Richtung Parkhaus abbiegen wollte … war da plötzlich dieser dicke Dackel. Kläffend rannte er auf Kevin zu, sprang an ihm hoch. Kevin versuchte, ihn mit der Tasche abzuwehren, aber die Töle bellte nur noch lauter und klammerte sich an sein Bein.

# 2. Darth Vader

Meine Menschen schreien sich an. »Duhfaschteesmich-nich« und »Duhbisimmavolunaufmäksam« und »Such-diaentlichnenrichtigendschopp«.

Langweilig.

Da vorne sind viele Frauchen. Sie riechen lecker. Ich will losrennen, aber das geht nicht. Immer wenn ich renne, schreit die Flieder-Frau: »Haltaasweda!« Dann gibt es einen Ruck und der Würger packt meinen Hals. Dann kriege ich keine Luft mehr.

Ich schnüffle auf dem Boden. Dreibein war gestern hier. Und kurz danach Stinkfell und Plattnase. Ich folge Plattnases Spur. Und dann brennt sie plötzlich in meiner Nase:

DIE MACHT!

Sie ist stärker als ich. Ich renne los. Ich muss DER MACHT folgen! Nichts kann mich aufhalten. Auch der Würger nicht. Er zappelt wie eine Schlange hinter mir auf dem Boden, aber er würgt mich nicht mehr.

DIE MACHT führt mich zu Wursthose. Ich springe hoch, rufe: »Gib sie mir!« Wursthose wedelt mit den Vorderbeinen. Aber ich will jetzt nicht spielen. DIE MACHT lässt mich lauter rufen: »Ich will sie, sofort!« Wursthose geht. Ich klammere mich an sein Hinterbein. Wursthose geht weiter. Ich mag dieses Spiel, aber nicht jetzt. Ich rufe, so laut ich kann: »Gib sie mir auf der Stelle, sonst muss ich etwas Schlimmes tun! DIE MACHT verlangt es!« Wursthose schüttelt mich ab und rennt weg. Ich renne hinter ihm her.

Er kann mir nicht entkommen.

DIE MACHT gewinnt immer.

# 3. Kevin

Die ersten Menschen sahen zu ihnen herüber. Kevin musste hier weg!

Er hob das Bein und trat so heftig in die Luft, dass er beinahe das Gleichgewicht verloren hätte. Aber es funktionierte: Der dicke langhaarige Hund plumpste zu Boden. Während Kevin losrannte, rappelte er sich jedoch gleich wieder auf und sauste laut bellend hinter Kevin her.

Bis ins Parkhaus verfolgte er ihn, sprang um Kevin herum, als der zuerst sein Parkticket am Automaten bezahlte und sich danach vor seinem Wagen die Perücke und den Arztkittel herunterriss. Dort verbiss sich der Dackel in Kevins Hosenbein. Fluchend zog Kevin die teure Hose aus.

Aber er konnte sie dem Hund doch nicht überlassen! Wenn sie nun jemand als die Hose des Bankräubers erkannte und DNA-Spuren nachgewiesen wurden?

*So was wäre Dr. von Sonderbergh nie passiert.* Kevin seufzte. *So was passiert nur einem Kevin.*

Kevin griff nach dem Ende eines Hosenbeins und zog. Doch der Dackel ließ nicht los, auch nicht, als Kevin mit aller Kraft an der Hose zerrte. Das Einzige, was er erreichte, war, dass die Hose samt bellendem Hund auf dem Rücksitz landete. Dort hörte der dicke Dackel endlich auf zu kläffen und begann selig zu kauen.

Na gut. Dann würde er ihn eben später loswerden. Jetzt musste er erst einmal hier weg. Kevin verstaute die Perücke, den Kittel und die Arzttasche mit dem Geld im Kofferraum und fuhr langsam los.

Niemand folgte ihm, keine Polizeistreife hielt ihn an. Er war nun kein Arzt mehr, nur noch ein ganz normaler Mann.

Ein Mann ohne Hose, aber dafür mit Hund.

Und mit etwa zweihunderttausend Euro in bar.

# 4. Annika

Annika Conrad machte es nichts aus, auf Formularen unter Beruf »Heftromanautorin« einzutragen. Sie hatte sich damals für diesen Job entschieden, weil sie geglaubt hatte, er wäre ideal, um ihre hyperaktive Fantasie und ihr Schreibtalent miteinander zu verbinden. Doch sie hatte lernen müssen, dass Fantasie für diesen Job nicht nur unbedeutend, sondern sogar hinderlich war: Jede originelle Idee wurde aus ihren Romanen rausgestrichen, nur 08/15-Storys waren gefragt.

Das machte ihr sehr wohl etwas aus.

Doch dann war ihr vor einem halben Jahr die Idee zu diesem Drehbuch gekommen. Vielleicht war das der richtige Weg, um mit ihrer Fantasie endlich einmal Geld zu verdienen? Die Geschichte des schüchternen Mannes, der ungewollt zum Helden wurde, schrie jedenfalls förmlich nach einer Verfilmung. Und wenn sie dann noch Kevin Bacon als Hauptdarsteller gewinnen konnte, musste das eigentlich ein Erfolg werden.

Oder wenigstens Jürgen Vogel.

*Genau, schreib einen Blockbuster, dann brauchst du dir*

*nie mehr schmalzige Geschichten mit gottgleichen Ärzten und hochnäsigen Direktorengattinnen mit Laktoseintoleranz aus-zudenken,* brachte ihre innere Stimme es auf den Punkt. Aber Annikas innere Stimme schoss wie üblich übers Ziel hinaus. Sie hatte offenbar keine Ahnung, wie schwierig es war, einen Produzenten (geschweige denn einen Hollywood-Star!) für ein Drehbuch zu begeistern.

Trotzdem: Annika war überzeugt, dass sie nur eine Chance bräuchte, ihre Idee vorzustellen. Dann würde jeder Produzent, der sein Geschäft verstand, sofort begreifen, dass dieser Film mit der richtigen Besetzung ein Welterfolg werden musste, und händeringend versuchen, die Rechte zu ergattern.

Auf ihre bisherigen Versuche hin hatte sich leider noch kein Produzent gemeldet. Aber Annika war jederzeit bereit: Seit sie ihr Drehbuch zum ersten Mal verschickt hatte, hing an ihrer Kleiderstange immer ein sauberes Vorstellungsgesprächs-Outfit. Daneben eine Schultertasche mit einem Ausdruck ihres Drehbuchs, fünfzig Exemplaren ihrer Visitenkarte und einem Knäuel Wolle mit Häkelnadel. Wann immer der Produzent sich bei ihr meldete: Sie würde ihn wie aus dem Ei gepellt und top vorbereitet begeistern.

Als an einem Maitag gegen halb acht der entscheidende Anruf kam, hätte Annika nicht unvorbereiteter sein können.

Sie hatte gerade mal vier Stunden geschlafen. Es rumorte in ihrem Magen, Lichtlanzen stachen ihr durch die Augäpfel in den Kopf. Und ihre Haare sahen vermutlich aus wie ein rotes Wollknäuel, an dem sich ein Wurf Kätzchen ausgetobt hatte.

»Chantal?«, nuschelte sie ins Handy. Chantal war gestern ein Jahr lang von Tom getrennt gewesen, und das hatten sie natürlich feiern müssen.

»Äh …«, sagte eine dünne Männerstimme.

»Wer issn da?« Annika dämmerte wieder weg.

»Äh, es geht um Ihr Drehbuch. Könnten Sie eventuell gleich zu einem Gespräch vorbeikommen?«

Eine Sekunde später war sie hellwach aus dem Bett gesprungen, und eine weitere Sekunde darauf hatte sie die Kleiderstange beim Herunterreißen ihres Vorstellungsgesprächskleids umgeworfen. Sie zog es, mit dem Handy am Ohr, aus dem Kleiderhaufen und hüpfte, ohne das Gespräch zu unterbrechen, in ihr winziges Bad.

Der berühmte Produzent Karim Schulz! Fragte, ob sie unter Umständen gleich vorbeikommen könne! Um über ihre Drehbuchidee zu sprechen!

Als er ihr die Adresse durchgab – als würde sie die nicht kennen! –, war sie bereits fertig angezogen und notdürftig gekämmt. Sie drückte sich eine Vierteltube Zahnpasta in den Mund und nuschelte: »Geben Sie mir zwanzig Minuten.« Als er stammelte: »Dann … dann bis gleich«, hängte sie sich die Schultertasche um und schloss die Wohnungstür ab. Und während sie winkend auf den Taxistand zurannte, obwohl sie sich gar kein Taxi leisten konnte, keuchte sie: »Ich bin schon sehr gespannt auf Ihre Anregungen zu meinem Drehbuch.«

Das Gelände der Produktionsfirma lag wie ausgestorben da. Annika wusste nicht, ob sie sich geschmeichelt fühlen sollte, weil der Filmproduzent sich ihr außerhalb seiner normalen Arbeitszeit widmete. Vielleicht wäre Angst eher angebracht gewesen. Vielleicht war Schulz in seiner Freizeit ja ein psychopathischer Axtmörder.

Ein junger Mann nahm sie in Empfang, der kaum dem Teenageralter entwachsen sein konnte und den die Hormone immer noch plagten. Als er sie sah, errötete er; seine Pickel leuchteten weiß wie Kreidefelsen in der Wüste. Annika lächelte, aber das bereute sie sofort, weil er nun auch noch fontänenartig zu schwitzen begann. Trotzdem ergriff sie beherzt seine glitschige Hand.

»Ich freue mich sehr, dass Herr Schulz über mein Skript sprechen möchte«, sagte sie.

Ihr Gegenüber wechselte die Gesichtsfarbe von Knallrot zu Leichenblass, wie ein sterbendes Chamäleon. Wenn er in Ohnmacht fiel, würde Annika ihn nicht festhalten können. Er würde ihr durch die Finger flutschen … Jetzt nur nicht kichern. Sonst konnte sie ihre Träume vom Film vergessen.

»Äh … ja … *Ich* bin Karim Schulz«, sagte der Mann. »Bitte folgen Sie mir.«

Annika war froh, dass Schulz sich sogleich umdrehte und loshastete. Andernfalls hätte sie ihren fassungslosen Gesichtsausdruck irgendwie erklären müssen. Dieser picklige Junge war der berühmte Filmproduzent? Kein Wunder, dass es im Netz kein einziges Foto von ihm gab!

Sie durchquerten ein Studio von den Ausmaßen eines

Flugzeughangars, und plötzlich wurde Annika übel. Was hatte sie hier verloren? Sie gehörte nicht hierher. Sie war doch nur eine kleine Groschenheftschreiberin …

*Dir ist nur schlecht, weil du ungefähr zwanzig Kölsch getrunken und nicht gefrühstückt hast. Sieh dir Schulz an, passt der vielleicht besser hierhin als du?*

Ihre innere Stimme hatte recht. Wenn dieser pickelige Junge sich hier zu Hause fühlte, konnte sie das auch. Sie durfte nur nicht aus lauter Nervosität sarkastisch werden. Dadurch hatte sie sich schon mehr als eine Chance im Leben vermasselt.

Endlich hatten sie das andere Ende des Studios erreicht. Schulz führte sie in einen spärlich eingerichteten Raum, der von einer zwei Meter großen Pappmaché-Nixe mit gewaltigen Brüsten dominiert wurde.

»Hübsches … Gesicht«, sagte Annika grinsend, während ihre innere Stimme schrie: *Das nennst du »nicht sarkastisch werden«?!*

»Äh, das ist nur … das ist nicht mein Büro«, stieß Schulz hervor, während sich ein Schweißrinnsal den Weg von seinen Schläfen bis in den Kragen seines Hemdes bahnte.

*Ja, klar,* wollte es aus Annika herausbrechen, aber sie schaffte es, das Schlimmste abzuwenden: »Ja … ich verstehe.«

Schulz ließ sich schwer atmend in den Ledersessel hinter dem Glasschreibtisch fallen und bot Annika mit einer schwachen Handbewegung einen Platz auf dem knallroten Sofa neben dem Schreibtisch an, das wie ein Kussmund geformt war.

»Aha, die Besetzungscouch«, meinte Annika munter.

Schulz erstarrte. Seine Pickel schienen ihm aus dem Gesicht zu springen, er atmete nicht mehr.

*Warum hat man nie einen verdammten Knebel dabei,*

*wenn man einen braucht?*, schnaubte Annikas innere Stimme.

*Ich kann nichts dafür! Guck dir dieses Zimmer doch mal an*, gab Annika zurück.

Ihr verlegenes Lachen, das hörte sie selbst, klang völlig überdreht. Sie war so ein Idiot! Karim Schulz war ihre große Chance auf einen Drehbuchvertrag. Den er umgehend verbrennen würde, wenn er wegen ihr mit einem Herzinfarkt auf der Intensivstation landete.

Also, sobald er wieder ein Feuerzeug halten konnte.

Fast wünschte sie, er würde sie mit einer Axt angreifen anstatt so regungslos dazusitzen.

Da, er bewegte sich! Sein Lachen klang ebenso unecht wie Annikas, aber zumindest atmete er noch. Vielleicht war doch noch nicht alles vorbei.

Und so saß Annika still auf der Couch und widerstand dem Drang, zur Beruhigung ihre Häkelutensilien auszupacken, während Schulz Papiere hin und her schob und seine Gesichtsfarbe sich langsam normalisierte. Schließlich räusperte er sich. »Also, die Story hat was. Diese Sache mit dem Typen, der eigentlich auf der Flucht ist, dann aber die Welt rettet, obwohl er dadurch seine Tarnung verliert …« Schulz sah Annika an, senkte den Blick aber gleich wieder. »Das könnte ganz großes Kino werden.«

Annika wäre am liebsten aufgesprungen und hätte ihn umarmt. Doch der heikle Stand ihrer Beziehung hielt sie davon ab. Und seine Pickel.

»Aber …«, sagte Schulz.

Ein kalter Dolch durchbohrte Annika und spießte sie auf das Kussmund-Sofa.

»… die Hauptfigur gefällt mir noch nicht so recht«, fuhr Schulz fort. »Sie braucht mehr Wumms.«

»Wumms?«

»Äh, ja, Sie wissen schon, knallharte Zielstrebigkeit. Ich stelle ihn mir kernig vor. Verwegen. Aber auch clever. Und geheimnisvoll. Und natürlich mit Humor.«

Annikas Geschichte war eine gesellschaftssatirische Actionparodie. Ihre Hauptfigur war ein gebrochener, schüchterner Mann, der die Welt quasi aus Versehen rettete und dadurch ungewollt zum Helden wurde. Er war sozusagen das Gegenteil von zielstrebig und knallhart.

Doch Annika hatte schon eine Menge darüber gehört, wie es im Filmbusiness lief, also nickte sie einfach. »Ich verstehe. Könnten Sie mir vielleicht ein Beispiel geben?«

»Ich denke da an so einen wie Chris Pratt. Oder wie Bruce Willis in jung. Mit Haaren. Oder Leonardo di Caprio, aber jünger als jetzt – und natürlich schlanker.«

»Natürlich.«

»Dann … Also, überarbeiten Sie das einfach, und melden Sie sich, wenn Sie …«

»Das mache ich. Vielen Dank.«

Annika nahm seine feuchte Visitenkarte mit einem hoffentlich überzeugenden Lächeln entgegen. Sogleich lief Schulz wieder rot an, was seine Pickel ein letztes Mal optimal zur Geltung brachte.

*Wie Fettbröckchen in einer Salami*, dachte Annika erschöpft.

# 5. Annika

Annika machte sich auf den Weg von der Produktionsfirma zur Straßenbahnhaltestelle. Sie kaufte zwei remouladetriefende Käsebrötchen und einen Halbliter-Becher Kaffee und vertilgte alles in Rekordzeit. Währenddessen lief ihr Gehirn auf Hochtouren, denn Schulz' Aufforderung, ihre Hauptfigur massiv zu verändern, stellte sie vor ein großes Problem.

Annika beneidete die Autoren, die hemmungslos den Verfolgungswahn von Tante Inge, die Spinnenphobie des Hausmeisters, das pausbäckige Gesicht der zehnjährigen Nichte und die Begeisterung ihres Zahnarztes für Pin-up-Fotos aus den Zwanzigerjahren kombinierten, um daraus einen unvergesslichen Charakter zu schaffen. Sie selbst brauchte immer einen einzigen Menschen als Inspiration, der alle wichtigen Merkmale ihres erfundenen Charakters in sich vereinte.

Möglichst jemanden, der ihr nicht nahestand. Seit der Sache mit Erina, die als Vorbild für die nymphomanische Oberschwester in Annikas Arztserie gedient hatte, lebten ihre Freunde in Angst davor, von ihr als Modell für einen fiktiven Charakter erwählt zu werden. Annika hatte nicht viele Freunde, und sie würde keinen einzigen davon aufs Spiel setzen. Nicht mal für Hollywood. Oder Babelsberg. Oder Köln.

Sie musste also einen Prototypen für ihren neuen Helden finden. So schnell wie möglich.

Am besten fing sie sofort mit der Suche an.

Annika lugte hinter ihrem Kaffeebecher hervor und sah sich unter den Wartenden um. Doch es wurde schnell offensichtlich, dass keiner von ihnen mehr als eins der Schulz-Kriterien erfüllte: knallhart, zielstrebig, geheimnisvoll, clever, gut aussehend und mit Humor.

Die Linie 15 kam quietschend zum Halt. Na gut, dann würde Annika eben unter den Fahrgästen in der Bahn einen jungen, schlanken Chris Leonardo Willis mit Haaren finden.

Der Rentner in der beigen Funktionsjacke, der neben dem Eingang mit offenem Mund schnarchte, kam schon mal nicht infrage. Selbst wenn er ein Schläfer sein sollte, der jeden Moment von einem ausländischen Geheimdienst aktiviert werden konnte – er war einfach zu alt.

Annika quetschte sich an einem Pärchen vorbei. Der Mann mit den Unterarmtattoos hatte unbestritten etwas Chris-Pratt-iges an sich. Er stritt zielstrebig und anscheinend auch knallhart mit seiner Begleiterin, die eine Wolke aus Fliederduft umgab – offenbar ging es um *Star Wars*. Aber der Tattoo-Typ war mindestens Mitte vierzig. Annika spürte außerdem etwas Schlitzohriges an ihm, das nicht zu ihrem Helden passte.

Sie ging weiter und sicherte sich schließlich einen der letzten Plätze. Vor einem älteren Paar und neben einem … Na, hallo!

Um die dreißig, eleganter, aber lässiger hellgrauer Anzug, weiße Sneakers, dichtes braunes Haar und ein Gesicht wie der junge George Clooney. Annikas Fantasie hechelte vor Begeisterung.

Jaulte aber jäh auf, als sich sein Smartphone mit einem gehauchten »You're so sexy!« meldete. Und floh panisch, als der Typ die ersten Worte sprach: »Ey, was ist denn jetzt schon wieder?! Kriegt ihr nicht *ein Mal* was alleine hin?«

Die Bahn hielt mit einem Ruck, der alte Mann hinter »Ey« wurde nach vorne gegen dessen Lehne gedrückt. Ey fuhr herum. »Ey, kannste nicht aufpassen?« Der Mann zuckte zurück. Seine Frau starrte Ey böse an, sagte aber nichts.

»Hey«, meinte Annika laut, »geht's auch ein bisschen netter?«

Ey würdigte sie keines Blickes, sondern brüllte weiter seinen bedauernswerten Gesprächspartner am Handy an: »Sag das noch mal!« Kurze Pause, dann: »Rosa? Hast du gerade ›rosa Laserschwerter‹ gesagt?!«

Annika kicherte und fing sich einen vernichtenden

Blick ein. Ey drehte sich zum Fenster und blaffte, nun etwas leiser, in sein Handy: »Scheiße, ey, wir machen eine seriöse *Star-Wars*-Oper, keine verfickte Travestie-Show!« Pause. »Was ist eigentlich mit den Klonkriegern?« Pause. Dann: »Drei?« Er schmetterte sein Handy dreimal gegen die Scheibe. »Du findest also, drei Klonkrieger gehen als Armee durch? Wir brauchen mindestens acht, du Penner!«

Annika hätte zu gern gehört, was Eys Telefonpartner zu sagen hatte. Doch sie wurde abgelenkt durch zwei Kontrolleure, die eben eingestiegen waren. Sie musterte den Schaffner, der ihre Seite übernommen hatte. Eignete er sich als Held? Aus der Ferne sah er ganz ansprechend aus. Und je näher er kam, desto besser gefiel er Annika mit seinem geschmeidigen Gang, der freundlich-spöttischen Miene in einem Gesicht, auf das Ryan Gosling neidisch gewesen wäre, und dem dunklen, dichten Haar.

*Aber warum färbt er es?*, dachte Annika, als ihr der blonde Haaransatz auffiel. Er sah so schon klasse aus. Blond wäre er schlichtweg umwerfend gewesen.

Und das war nicht das einzig Merkwürdige an ihm. Er musterte jeden Fahrgast intensiv, hatte bislang aber noch keinen einzigen nach seinem Fahrschein gefragt. Die, die man ihm hinhielt, ignorierte er sogar!

Geheimnisvoll. Attraktiv. Zielstrebig. Genau das, wonach Annika suchte.

Bislang hatte er zwar noch niemanden kontrolliert, aber das würde Annika ändern. Sie würde ihn dazu bringen, den Mund aufzumachen. Auch wenn es unwahrscheinlich war, dass dieser Typ die Punkte »clever« und »humorvoll« von ihrer Helden-Liste auch noch erfüllte. So einen Traummann gab es nur im Kino.

Der andere Schaffner, der hinten eingestiegen war, kontrollierte die Reihe hinter Annika. »Streber«, hörte sie ihn raunen. Sie drehte sich um und bekam gerade noch mit, wie er ihren zukünftigen Helden mit einer Mischung aus Verärgerung und Neid musterte.

Ihr Held in spe verhielt sich jetzt noch auffälliger als zuvor. Er sah zu seinem Kollegen hin, stutzte, dann verlangte er von den beiden Frauen neben sich die Fahrscheine. Lustlos kontrollierte er sie und schaute danach erneut zu dem anderen Kontrolleur hinüber. Der hatte inzwischen alle Hände voll mit einer hessischen Reisegruppe zu tun. »Das is bei uns aber ganz anners«, empörte sich einer, und eine Frau ergänzte kampflustig: »Zeijense mir dochemo ds Doggemänd, wo Se das her hon.«

Annikas Held hatte das Hessendrama verfolgt und lächelte jetzt. Er ignorierte die Fahrscheine, die er gerade noch zu sehen verlangt hatte, und ging zügig weiter.

»Und wenn du die noch so billig gekriegt hast!«, brüllte Ey neben Annika mit einem Mal, sodass sie zusammenfuhr. »Wenn ich nachher nur ein einziges rosa Schwert mit Einhornglitter drauf sehe, dann war's das für dich!« Er beendete das einseitige Gespräch und wandte sich nach vorn, immer noch fluchend.

Auf einmal verstummte er mitten im Satz, sank gegen die Scheibe, schloss die Augen und regte sich nicht mehr. Ein leises Schnarchen rundete seine Vorstellung »schlafender Fahrgast, den man nicht wegen einer läppischen Fahrscheinkontrolle wecken sollte« ab.

Ein Lächeln breitete sich auf dem Gesicht der alten Frau hinter ihm aus. Sie beugte sich vor. »Hallo? Geht es Ihnen gut?« Ey schnarchte lauter.

Annika machte das Daumen-hoch-Zeichen. Die Frau grinste.

»Junger Mann!« Sie rüttelte an seiner Schulter. »Alles in Ordnung mit Ihnen?«

Er öffnete ein Auge und flüsterte: »Lassen Sie mich in Ruhe!«

»Dann geht es Ihnen also wirklich gut? Wissen Sie, plötzliche Erschöpfung kann ein Symptom für Diabetes sein oder für eine schlimme Infektion!«

»Genau«, bestätigte ihr Mann laut, »vielleicht stimmt ja auch was mit Ihrer Schilddrüse nicht.« Er zwinkerte seiner Frau zu.

»Ey, wenn Sie nicht die Klappe halten, stimmt mit Ihnen gleich auch was nicht!«, zischte Ey, immer noch mit geschlossenen Augen.

»Ihre Fahrkarte, bitte!«

Da stand der Schaffner-Held, direkt vor Annika, und seine Stimme klang so, wie sich das Samtkissen ihrer Oma angefühlt hatte. Plötzlich war sie dem Rüpel neben sich regelrecht dankbar für seine Vorstellung.

Ey schnarchte demonstrativ. Der Kontrolleur lächelte, was seine braunen Augen leuchten ließ. Annika konnte nicht anders, als ihn anzustarren. Ringsum versiegten die Gespräche.

»Entweder Sie sprechen mit mir«, sagte der Kontrolleur unvermindert samtig, »oder mit der Polizei, die an der nächsten Station wartet.«

Eys Schnarchen endete abrupt. Er wackelte mit den Schultern und dem Kopf in einem misslungenen Versuch, den Aufwachenden zu mimen. »Oh, 'tschuldigung, ich bin total erschöpft. Diabetes, wissen Sie.«

Die alte Frau hinter ihm verdrehte die Augen.

»Ihre Fahrkarte.«

Ey wühlte hektisch in den Sakkotaschen, durchsuchte sein Portemonnaie. »Ich …«

Annikas Held – sie hatte endgültig beschlossen, dass dieser Mann ihr Held sein würde – unterbrach ihn. »Ich weiß genau, dass sie hier irgendwo sein muss. Ich bin noch nie schwarzgefahren.‹ Und so weiter. Lassen Sie uns die Sache abkürzen: Sie bezahlen das Bußgeld, und ich kann für heute Feierabend machen.«

»Gute Idee«, meinte die alte Frau.

Aber nun war Eys Kampfgeist geweckt. »Wieso belästigen Sie eigentlich einen Schwerkranken, und die neben mir kontrollieren Sie überhaupt nicht?!«

»Die Dame hat eine Fahrkarte.«

»Das glaube ich nicht. Woher wollen Sie das denn wissen?«

Der Kontrolleur schaute Annika in die Augen. Ihr wurde heiß. »Sie hat sogar ein Monatsticket«, meinte er.

Ohne den Blick von ihrem Helden abzuwenden, zog Annika ihr Monatsticket hervor. Woher, zum Teufel, wusste er das?

»Ist das hier etwa die versteckte Kamera?« Ey sah sich fahrig nach allen Seiten um. »Manni, du Penner, da steckst doch *du* dahinter, ne?«

»Name und Adresse, bitte«, meinte der Schaffner ungerührt.

Viel zu schnell war er mit Ey fertig und wandte sich zum Gehen.

Geheimnisvoll, gut aussehend, eine tolle Stimme, clever. Auf keinen Fall durfte dieser Mann aus Annikas Leben verschwinden, bevor das Drehbuch fertig war. Sie brauchte ihn. Als Inspiration.

Annika fasste ihn am Ärmel, während sie fieberhaft überlegte, was sie sagen sollte. Es half auch nicht gerade, dass das alte Paar gespannt darauf zu warten schien, wie die Komödie weiterging. Verlegen raunte Annika ihrem Helden das Erste entgegen, was ihr in den Sinn kam: »Könnten wir uns vielleicht irgendwo ungestört unterhalten? Ich möchte Ihnen einen Vorschlag machen.«

Der spöttische Ausdruck in seinen Augen verschwand, und für einen Augenblick sah Annika pure Angst. Sie ließ seinen Arm los. Er kniff die Augen zusammen und ging wortlos weiter.

Na, das hatte sie ja gründlich verbockt. Aber sie konnte ihn nicht einfach gehen lassen. So einen perfekten Helden fand sie nie wieder.

# 6. Daniel

Daniel hätte am liebsten laut »Merde!« geschrien. Stattdessen biss er die Zähne zusammen und setzte seine Fahrscheinkontrolle fort.

Er musste verschwinden.

Dabei war es so gut gelaufen im letzten halben Jahr. Er hatte sich in Köln schon mehr zu Hause gefühlt als jemals in der Schweiz.

Vorbei.

Aber wie? Wie hatten sie ihn gefunden? Wodurch hatte er sich verraten?

Diese seltsame rothaarige Frau wusste jedenfalls, wer er war, daran gab es keinen Zweifel. Schon als er eingestiegen war, hatte sie ihn beobachtet – nicht besonders unauffällig übrigens. Sie hatte ihn unverhohlen angestarrt. Und was hatte sie sich dabei gedacht, so früh am Morgen eine Beschattung in einem eleganten marinefarbenen Etuikleid durchzuführen?

Viel wichtiger war jedoch die Frage, was es zu bedeuten hatte, dass *Il Serpente* plötzlich solche Stümper auf ihn hetzte. War ihm die Suche nach Daniel nicht mehr so wichtig wie früher? Unwahrscheinlich. Oder setzte er inzwischen so viele Leute für die Suche nach Daniel ein, dass er auch unqualifiziertes Personal anheuern musste?

Und warum hatte Hermann ihn nicht gewarnt? War ihm etwas passiert?

Daniel drängte die aufkommende Panik zurück. Unsinn. Viel wahrscheinlicher war, dass *Il Serpente* seine Taktik geändert hatte und ihm nun eine verführerische Killerin auf den Hals hetzte, die ihn irgendwohin locken sollte, um ihn in aller Ruhe beseitigen zu können.

Egal. Entscheidend war, dass sie ihn aufgespürt hatten. Er musste die Stadt verlassen. Sofort.

Die Straßenbahn kam ruckelnd zum Stehen. Daniel verabschiedete sich diesmal besonders freundlich von seinem Kollegen, der irgendwas grummelte.

Das war auch noch so ein Problem: Einige seiner Kollegen waren in letzter Zeit nicht gut auf ihn zu sprechen gewesen. Und obwohl ihm das aufgefallen war, hatte er nichts dagegen unternommen. Er hatte immer weniger Leute in der Bahn kontrolliert – fast nur noch die, bei denen er sich ganz sicher war, dass sie keinen Fahrschein hatten –, trotzdem hatte er seine Erfolgsquote beibehalten. Seinen Kollegen war das natürlich aufgefallen. Bestimmt hatten sie darüber geredet, und eins der tausend Ohren von *Il Serpente* hatte das aufgeschnappt.

Daniel hätte sich ohrfeigen können für seine Nachlässigkeit. Aber er war es so leid, sich zu verstellen! Gar nicht zu arbeiten, wäre sicherer gewesen. Schließlich musste er kein Geld verdienen, zumindest in absehbarer Zeit nicht. Aber er hatte eine Beschäftigung gebraucht, irgendetwas Sinnvolles, das ihn davon ablenkte, dass sein Leben eine einzige Katastrophe war.

Sobald die Straßenbahn hielt, stieg er aus. Hinter dem Paar, das schon im Wagen gestritten hatte und offenbar auch jetzt nicht damit aufhören wollte.

»Das mit *Darth Vader* ist ganz allein deine Schuld!« – »Wenn du datt ständig wiederhols, wird et auch nich wahrer!«

Daniel sah sich nach seiner Verfolgerin um. Ein kleiner Teil von ihm hatte immer noch gehofft, dass er sich irrte … aber sie stieg ebenfalls rasch aus und schlug dieselbe Richtung ein wie er.

Das *Star-Wars*-Pärchen – er hager und an beiden Unterarmen tätowiert, sie in weißer Leinenhose, über dem Arm eine weiße Umhängetasche mit goldenen Henkeln und eine Zigarette im Mund – bog heftig diskutierend in eine ruhige Seitenstraße ein. Daniel folgte ihnen und warf dabei einen unauffälligen Blick zurück. Die Rothaarige war nicht weit hinter ihm.

Jetzt gab es gar keinen Zweifel mehr: Sie hatte es auf ihn abgesehen. Daniel beschleunigte seine Schritte, um die Frau abzuhängen. *Irgendjemand hätte ihr beibringen sollen, dass High Heels eine schlechte Wahl für eine Verfolgung sind.*

Daniel wollte das Paar vor sich überholen, aber die beiden gingen nun ebenfalls schneller, während ihr Streit immer mehr eskalierte.

»Diese ganze Sache mit *Darcys* Macken ist übrigens auch deine Schuld!«, schrie die Frau und schnippte ihre Zigarettenkippe in einen gepflegten Vorgarten. »Ich hab's dir tausendmal gesagt: Wer ist denn so bescheuert und …«

»Du nenns mich nich bescheuert!« Der Mann packte

die Frau am Arm und riss sie herum. »Getz pass mal gut auf …«

Im Bruchteil einer Sekunde übernahm Daniels jahrelanges Training die Führung. Er griff über den Kopf des Angreifers hinweg, zog mit zwei Fingern an seiner Nase. Ohne jeglichen Widerstand beugte sich der Körper des Tätowierten nach hinten. Daniel legte eine Hand in den Rücken des Mannes, damit er nicht auf dem Boden aufschlug, da …

… schrie seine Verfolgerin: »Nicht!«

… knallte etwas gegen seinen Kopf.

… und dann … nichts mehr.

# 7. Daniel

Mit einem Schrei richtete Daniel sich auf. Seine Halsmuskeln schrien ebenfalls, und der Duft eines schweren Fliederparfüms verstopfte seine Nasenlöcher.

»Nicht so schnell«, meinte jemand. Die rothaarige Frau!

Sie stand neben ihm. Er war erledigt.

Der Tätowierte schleppte Daniel, der nur langsam zu sich kam, durch eine Haustür, dann drückte er ihn auf ein billiges braunes Cordsofa. Die Rothaarige setzte sich neben ihn und legte ihm ein feuchtes Tuch auf die pochende Stirn.

»Ist nur 'ne Beule!«, rief eine andere Frau, von der offenbar der Brechreiz erzeugende Fliedergeruch ausging. Daniel drehte den Kopf, bereute das aber sofort. Er stöhnte.

»Normalerweise gehen die Kerle nicht gleich k. o., wenn ich ihnen eine verpasse.« Die Frau deutete auf ihre weiße Tasche, die aus irgendeinem Grund nur noch *einen* goldenen Henkel hatte.

»Selbs schuld«, knurrte der Mann.

»Ich wollte Sie nur beschützen«, presste Daniel hervor.

»Das kann ich sehr gut selber, vielen Dank!«, meinte die Frau, während der Mann »Watt soll datt denn heißen, du Arsch?« knurrte und drohend eine Faust hob.

Daniels Verfolgerin drückte den Arm des Mannes sanft beiseite und hob beschwichtigend die Hände. »Ich schlage vor, wir reden in aller Ruhe über die Sache.«

»Reden? Datt hat noch nie watt genutzt«, meinte der Mann.

Die Flieder-Frau seufzte. »Manchmal ist das gar nicht so verkehrt, Atze.«

»Wie getz? Wir reden doch den ganzen Tag!«

»Ja, klar, über deine bescheuerten Ideen, aus denen nie was wird!«

Daniel schloss die Augen bis auf einen kleinen Spalt. Sollten sie sich ruhig streiten und glauben, er wäre eingeschlafen. Er würde zuhören und auf den richtigen Moment warten.

Er konnte nur hoffen, dass ihn die Rothaarige nicht vor Zeugen erschießen wollte.

# 8. Annika

Annika fühlte sich großartig.

Sicher, ihr Held war verletzt, und zu allem Überfluss war er beim Aufwachen aus irgendeinem unerfindlichen Grund bei ihrem Anblick entsetzt zurückgeschreckt. Und dieses Pärchen, das sich ihr inzwischen als Jojo und

Atze vorgestellt hatte, zankte sich wie kleine Kinder. Aber all das konnte nichts an dem Hochgefühl ändern, das Annika durchströmte wie Wasser einen Verdurstenden.

Sie hätte die Geschichte nicht besser schreiben können: Der Mann, den sie als Inspiration für ihren Helden brauchte, war auf ihre Hilfe angewiesen.

Sie würde die hitzigen Gemüter schnell beruhigen. Gegen die Jugendlichen, mit denen sie es sonst zu tun hatte, waren diese beiden hier eine Kleinigkeit. Und ihr Held würde Annika sicher so dankbar für ihr Eingreifen sein, dass er sie mit Kusshand unterstützen würde. Sie lächelte verträumt.

»Da gibt et nix zu lachen, Frollein!«, polterte Atze. »Meine Frau versteht einfach nicht …«

»*Du* verstehst nicht!«, schrie Jojo. »Ich putze mir hier Tag für Tag 'nen Wolf, und du …«

»Genau datt mein ich doch!«

»Wie wäre es«, rief Annika dazwischen, »wenn wir jetzt mal darüber reden, was vorhin passiert ist?«

Jojo und Atze sahen sich an. »Gute Idee«, meinte Jojo.

Atze nickte. »Reden wir doch mal Tacheles: Dieser Arsch da wollte mir eine verpassen …«

»… doch dann hab *ich ihm* eine verpasst«, ergänzte Jojo zufrieden.

»Na ja«, sagte Annika zu dem Pärchen, das nun einträchtig nebeneinandersaß, »das ist der *eine* Teil der Geschichte. Aber davor habt ihr laut gestritten, und dann hast du, Atze, Jojo am Arm gepackt …«

»Darf ich meine Frau nich ma mehr am Arm packen?« Atze sah aus, als wollte er gleich aufspringen, überlegte es sich nach einem Seitenblick zu Jojo aber anders.

»Das war schon nicht ohne.« Jojo hielt ihm ihren Arm vor die Nase. »Da, guck, ein blauer Fleck!«

»Also«, sagte Annika, »wir können festhalten, dass Atze Jojo ein wenig grob am Arm gepackt hat.« Annika sah zu ihrem Helden hin. Er hatte die Augen geschlossen und schien sich nicht an der Konfliktlösung beteiligen zu wollen. Sie fuhr fort: »Dieser Mann hier hat das offenbar so verstanden, dass du, Jojo, bedroht wurdest. Darum hat er versucht, Atze außer Gefecht zu setzen …«

»Watt ja nun nich wirklich geklappt hat.« Atze rieb sich die Hände. Jojo schlug ihm spielerisch auf den Oberschenkel. »Da hat er nicht mit meiner Killerhandtasche gerechnet, was?« Die beiden lachten.

»Na, dann sind wir ja wohl quitt«, meinte Annika.

Das Lachen brach jäh ab. »Hast du da nich watt vergessen?«, fragte Atze. Jojo hob anklagend ihre weiße Tasche an dem verbliebenen Henkel hoch.

Das hatte Annika tatsächlich nicht unbedingt zur Sprache bringen wollen. Dass sie Jojo die Tasche aus der Hand gerissen hatte, nachdem ihr Held zu Boden gegangen war. Beschimpft hatte sie Jojo wohl auch …

»Tut mir leid, das mit der ›Bitch‹. Und die Reparatur des Henkels bezahle ich natürlich.« Sie kramte eine Visitenkarte aus ihrer Tasche und reichte sie Jojo. *Da hat es sich ja doch noch gelohnt, die fünfhundert Visitenkarten drucken zu lassen*, ätzte ihre innere Stimme.

»Datt wird aber teuer«, warf Atze ein. »Die ist von Gucci!«

*Wenn die von Gucci ist, bin ich die Domina vom Papst.*

»Schickt mir einfach die Rechnung, wenn der Henkel wieder dran ist.«

»Ich weiß nich«, meinte Atze. »Vielleicht sollten wir lieber die Bullen rufen.«

Annika erstarrte. Auf keinen Fall die Polizei! Das

musste sie verhindern. In diesem Augenblick sprang Annikas Held vom Sofa hoch und hechtete zur Wohnungstür.

»Du willst doch nicht ohne deinen Perso abhauen, Daniel Meier aus dem Maarweg in Braunsfeld?« Atze winkte vom Sessel aus mit einer Brieftasche.

Zuerst schien es, als wäre es Annikas Held gleichgültig, wenn Atze seine Papiere behielt. Als wollte er einfach nur abhauen. Doch dann hielt er an, sackte in sich zusammen und humpelte zum Sofa zurück.

Atze warf ihm die Brieftasche zu und grinste. »So, getz, wo datt geklärt is, können wir die Sache in Ruhe besprechen, watt meint ihr?«

Annikas Herzschlag beruhigte sich.

»Ich mach Kaffee.« Jojo verschwand in der Küche.

*Wenn ich so was in meinem Drehbuch schreiben würde*, dachte Annika später, *das würde mir kein Schwein glauben.*

*INNEN. WOHNUNG VON JOJO UND ATZE – TAG*

*ANNIKA und DANIEL sitzen auf dem Sofa, ATZE auf dem Sessel ihnen gegenüber. Man hört JOJO in der Küche rumoren.*

DANIEL

(*zu ATZE*) Also,was wollen Sie? Machen Sie es kurz, ich habe wenig Zeit.

(*zu ANNIKA*) Ich nehme an, die Verstärkung von *Il Serpente* ist bereits unterwegs? Oder wollen Sie mich selbst umbringen? Hier, vor Zeugen?

ANNIKA

Was … Wovon redest du? Ich …

## DANIEL

Ist das in dieser Branche üblich, dass man seine Opfer duzt? Na gut, soll mir recht sein. Aber du kannst mit dem Versteckspiel aufhören. Ich weiß, dass du im Auftrag von *Il Serpente* hinter mir her bist.

## ANNIKA

Ilse Pente? Die kenn ich überhaupt nicht!

## DANIEL

(*stutzt; angespannt*) Also, das … Dann tu mir doch den Gefallen und zeig uns, was in deiner Tasche ist.

*ANNIKA zuckt die Achseln und schüttet den Inhalt ihrer Umhängetasche aufs Sofa: Visitenkarten, ein Drehbuch, Häkelnadel und Wolle, ein Portemonnaie.*

*DANIEL betrachtet die Häkelnadel misstrauisch, schüttelt dann den Kopf.*

## DANIEL

(*murmelt*) Keine Waffe …

## ANNIKA

Was soll ich denn mit einer Waffe? Und wer ist diese Ilse Pente? Ich glaube, du hast bei dem Schlag vorhin was abbekommen!

## DANIEL

(*zu ATZE*) So was kann man sich nicht ausdenken, oder? Ich glaube, sie ist tatsächlich unschuldig.

*ATZE zuckt die Achseln.*

## ANNIKA

Ich denke mir hier gar nichts aus! Wer hat denn mit dieser Ilse Pente anfangen?

## ATZE

Komma, Mäusebärken, datt hier is besser als Fernsehen!

## DANIEL

Okay, tun wir mal für einen Moment so, als hätte Il…Ilse Pente dich nicht auf mich angesetzt. Wieso hast du mich dann in der Straßenbahn so angestarrt?

## ATZE

Getz wird's interessant.

## ANNIKA

Das ist … kompliziert.

## ATZE

Jojo!

## ANNIKA

(wirft ATZE einen bösen Blick zu) Nein, eigentlich ist es ganz einfach. Ich bin Schriftstellerin, und … Na ja, jedenfalls bist du mir aufgefallen, weil du dich so komisch benommen hast.

## DANIEL

(defensiv) Ach ja?

## ANNIKA

Du wusstest genau, wer eine Fahrkarte hatte und wer nicht. Mir hast du ja sogar angesehen, dass ich eine Monatskarte habe!

ATZE

Jojo! Verdammte Hacke, du verpasst ja alles!

JOJO kommt mit einem Tablett mit Kaffeegeschirr, einer Kaffeekanne und Kuchen.

ATZE

(*deutet auf ANNIKA*) Also, sie hier schreibt Bücher.

JOJO

Echt?

ANNIKA

Ja.

ATZE

Und der Typ hier is so watt wie ein Hellseher.

JOJO

Echt?

DANIEL

Nein!

JOJO

Na, dann sind die beiden doch wie geschaffen dafür …

ATZE

… *Darth Vader* wiederzufinden, genau!

Daniels »Auf keinen Fall!« kam gleichzeitig mit Annikas freudigem »Okay!«. Was für eine Gelegenheit, ihren Helden in Aktion zu erleben! Die würde sie sich nicht entgehen lassen.

»Hören wir uns doch erst mal an, wer dieser *Darth*

*Vader* ist«, sagte sie zu Daniel, der mit verschränkten Armen und finsterer Miene auf dem Sofa saß. »Und was mit ihm passiert ist.«

»Datt nenn ich mal 'ne gute Idee«, meinte Atze. Während er Apfelstreusel, Sahne und Kaffee verteilte, nahm Jojo ein gerahmtes Foto vom Sims über dem falschen Kamin und hielt es Annika hin. »Das ist er, unser *Darth Vader.*«

*Jetzt bloß keinen hysterischen Lachanfall!*, warnte Annikas innere Stimme. Annika kniff die Lippen zusammen und sah zu Daniel hinüber. Er starrte das Foto an, als wäre darauf der dunkle Lord höchstpersönlich zu sehen.

»Ein Dackel?«, brachte Annika mühsam heraus.

Jojo betrachtete das Foto liebevoll. »Unser lieber *Darcy.*«

Annika sah noch, wie Daniel resigniert die Augen schloss, bevor sie losprustete.

# 9. Kevin

Mit festem Schritt ging Kevin die holprige Einfahrt hinauf. Es war schwer gewesen – unmenschlich schwer. Aber er hatte es geschafft.

Noch bevor er das Haus erreichte, schwang die schäbige Kunststofftür auf. »Kevin, endlich!« Soraya warf sich in seine Arme.

Kevin ließ die Arzttasche fallen und drückte sie an sich. »Es ist alles gut«, murmelte er, während er ihr den zitternden Rücken streichelte. Ihre wunderschönen Haare waren heute zu einem Gretchen-Zopf geflochten, und sie roch nach ihrem Lieblingsparfüm, »Summer Forest«. Er sog den Duft tief ein und seufzte.

Sie wandte ihm das Gesicht zu, auf dem die Sorgen der letzten Zeit ihre Spuren hinterlassen hatten. »Mein Schatz, wie schrecklich schwer das gewesen sein muss! Ich vermag mir gar nicht auszumalen …«

»Jetzt ist es ja vorbei. Und ohne deine Hilfe hätte das alles niemals funktioniert.«

Ein Lächeln erhellte Sorayas Züge. »Und, hast du …?«

Er beugte sich zu seiner Arzttasche und öffnete sie.

Sie schlug die Hände vor den Mund. »So viel Geld!«

Ein Bellen ließ sie herumfahren. Schwanzwedelnd lief ein Dackel auf sie zu. Soraya beugte sich lächelnd zu ihm hinunter. »Na, wer bist du denn? Du bist ja knuffig!«

Kevin lachte auch. »Er hat sich mir noch nicht vorgestellt. Aber ich bin sicher, wir werden uns prächtig verstehen, meinst du nicht auch?«

Soraya nickte, ganz bezaubert von ihrem neuen Familienmitglied.

Kevin ergriff ihre Hand und zog sie mit sich ins Haus. Der langhaarige Hund folgte ihnen bellend.

»Bestell den Umzugswagen, meine Liebste!«, rief Kevin übermütig. »Belgien wartet schon auf uns!«

So hätte es sein sollen. Und wenn Kevin Dr. von Sonderbergh gewesen wäre, dann wäre es mit Sicherheit auch so abgelaufen.

Kevin war aber nicht der Doktor; was man schon daran sehen konnte, dass er keine Hose trug.

Er musste sie zurückerobern. Schon allein deshalb, weil er eben festgestellt hatte, dass sein Wohnungsschlüssel in seiner anderen Hose steckte und es noch mindestens zwei Stunden dauern würde, bis Soraya vom Cut-in nach Hause kam.

Kevin hielt an und lehnte sich nach hinten. Er sah dem Dackel unverwandt in die Augen, dann ließ er plötzlich seine Hand vorschnellen. Er erwischte ein Hosenbein und zog. Der Hund warf den Kopf blitzschnell nach hinten, ohne die Hose loszulassen.

Kevin hatte nicht mehr als ein halbes Hosenbein erbeutet, und der Dackel knurrte ihn so wütend an, dass Kevin keine Lust hatte, seine Finger für ein weiteres Teil der Hose aufs Spiel zu setzen. Er fuhr wieder los und zermarterte sich den Kopf auf der Suche nach einer Lösung. Kurz darauf entdeckte er einen Hydranten am Straßenrand, und das brachte ihn auf eine Idee.

Er bremste scharf. Der ideale Ort, um den Dackel von seiner Hose abzulenken.

»Na, was ist das denn?« Kevin deutete mit einem strahlenden Lächeln auf den Hydranten, als wäre er ein Autoverkäufer, der das neueste Sportwagenmodell anpries. Nur seine blau-weiß gestreiften Unterhosen störten das Bild ein wenig.

Der Dackel knurrte.

Kevin wühlte in dem zugemüllten Raum vor dem Beifahrersitz. Eine eklig riechende Wolldecke, zwei leere Zigarettenpackungen, eine alte Ausgabe von »Fisch & Fang« … eine halb volle Limoflasche. Vielleicht klappte das ja.

Er schwenkte die Flasche vor dem Gesicht des Hundes. Es plätscherte dumpf. »Na, musst du nicht mal pinkeln?« Der Dackel starrte die Flasche verständnislos an. Kevin musste wohl deutlicher werden.

Er blickte sich rasch um. Auf der Straße war niemand zu sehen. Kevin sprang aus dem Auto, stellte sich neben den Hydranten und hob ein Bein. »So geht das, siehst du? Und jetzt du!«

»Sie Schwein!« Eine junge Frau war aus dem Hauseingang hinter Kevin getreten. Sie richtete ihr Handy auf ihn wie eine Pistole. »Ich ruf die Bullen!«

»Ich wollte doch nur …«, begann Kevin. Aber sie sprach schon in ihr Handy: »Hier ist so 'n Perverser, der will gerade an so 'n Wasserspenderdings pinkeln.«

Kevin sprang ins Auto, ließ es wieder an und trat aufs Gas. Hoffentlich hatte sie sich das Nummernschild nicht gemerkt. Bertil würde ausflippen!

Einige Straßen weiter hatte Kevin sich so weit beruhigt, dass er wieder klar denken konnte. Was jetzt? Bertil war bei der Arbeit, seine Mutter verbrachte den Frühling an der Nordsee. Ihm fiel niemand ein, der ihm eine Hose besorgen könnte. Und in Unterhosen konnte er auch schlecht in ein Geschäft gehen.

Er sah auf die Uhr. Noch anderthalb Stunden, erst dann war das Cut-in offiziell zu Ende. Irgendwie musste er die Zeit überbrücken.

Eine Weile kurvte er ziellos durch die Stadt. Er machte keinen Versuch mehr, seine Hose wiederzubekommen. Er hätte sie sowieso nicht mehr anziehen können. Der blöde Dackel hatte sie inzwischen völlig zerbissen.

Nach einer halben Stunde – Kevin war stadtauswärts auf der Dürener Straße unterwegs – näherte sich der Zeiger der Tankanzeige dem roten Bereich. »Ist ja gut!«, schrie er den Zeiger an. Er fuhr weiter, bis er den Grüngürtel erreichte. Dann stellte er den Motor ab, öffnete eine der hinteren Türen – falls der Dackel doch noch ein Einsehen hätte und verschwinden wollte – und vertiefte sich missmutig in Bertils alte Anglerzeitung.

Die nächste Stunde verging quälend langsam. Warum nur hatte er »Wer die Nachtschwester stört« nicht dabei, den aktuellen Band seiner Arztroman-Serie? Stattdessen lernte er nun jedes noch so unbedeutende Detail der neuesten Angler-Apps kennen, las den sterbenslangweiligen Erlebnisbericht eines Gewässerwarts und starrte minutenlang auf das beigeheftete Poster »Forellenköder im internationalen Vergleich«.

Hin und wieder wurde ein Jogger langsamer, wenn er das Auto passierte. Aber alle legten sofort einen Zahn zu, wenn der Dackel – der keine Anstalten machte zu verschwinden – sie anknurrte.

Endlich war es so weit, dass Kevin nach Hause fahren konnte.

Als wäre er nicht schon gebeutelt genug, war vor ihrem Mietshaus kein Parkplatz frei. Kevin musste zwei Blocks entfernt parken, und er hatte immer noch keine Hose an. Vielleicht suchte die Polizei nach dem Anruf der Frau am Hydranten die Gegend inzwischen ja nach einem Perversen in blau-weiß gestreiften Boxer-Shorts ab …

Kevin wählte Sorayas Nummer, und endlich war ihm das Schicksal einmal gewogen: Sie war tatsächlich schon zu Hause. »Ja, alles in Ordnung«, log er. »Ich bin gleich da. Mach doch bitte schon mal die Haustür auf. – Erklär ich dir dann.«

Er stieg aus, hielt den Atem an und wickelte sich in Bertils stinkende Wolldecke. Dann schnappte er sich die Arzttasche und trippelte los. Zu seiner Überraschung erreichte er die Haustür, ohne dass ihm jemand die Polizei auf den Hals gehetzt hätte.

Soraya stutzte kurz, bevor sie ihm um den Hals fiel. »Bin ich froh, dass dir nichts passiert ist!« Dann löste sie sich von Kevin und sah an seiner Schulter vorbei. »Stinkst du so wegen dem Köter da?«

Kevin hörte ein Knurren hinter sich. Er seufzte und trippelte ins Haus. »Den kenn ich nicht.«

»Na, aber offensichtlich kennt er dich«, meinte Soraya grinsend. »Er trägt deine Hose.«

# 10. Kevin

Am liebsten hätte Kevin erst einmal geduscht, aber Soraya wollte sich unbedingt zusammen mit ihm den Inhalt der Arzttasche ansehen. Nachdem sie beinahe jeden Schein einzeln angefasst hatte, drückte sie ihn aufs Sofa und legte ihm ihre Füße auf den Schoß. Wie immer begann er automatisch, sie zu massieren.

Soraya seufzte wohlig. »Zuerst mal, damit du beruhigt bist: Die Polizei hat uns alle auf dem Platz natürlich befragt. Aber soweit ich das mitbekommen habe, hat niemand einen extrem attraktiven Arzt erwähnt.« Sie lächelte. »Und jetzt du. Ich will alles wissen, haargenau! Ich hab dich noch in die Bank reingehen sehen. Aber danach hab ich mich gezwungen, nicht mehr hinzugucken. Ich wollte mich ja nicht verdächtig machen. Also, wie war es?!« Sie warf einen Blick auf den Hund, der es sich neben dem Sofa gemütlich gemacht hatte. »Und wie du an den dicken Hund gekommen bist, das musst du mir auch noch erklären.«

Der Dackel kaute auf den Überresten von Kevins

Hose herum mit der Miene eines Feinschmeckers, der ein Fünf-Sterne-Menü genoss. In einem der Arztromane, die Kevin gelesen hatte, wurde so ein Menü detailliert beschrieben, als nämlich Dr. von Sonderbergh …

»Hey, nicht einschlafen!« Soraya knuffte ihn spielerisch in die Seite.

Kevin merkte mit einem Mal, wie erledigt er war. Jetzt, wo die Anspannung des Morgens von ihm abfiel, konnte er kaum noch die Augen offen halten. Am liebsten würde er duschen, schlafen und dann mit Soraya zum ersten Mal seit einer Ewigkeit essen gehen. Aber Soraya hatte natürlich ein Recht auf einen detaillierten Bericht. Und dann war da ja noch seine Nachmittagsschicht im Krankenhaus.

»Ich mach mir nur schnell einen Kaffee«, meinte er.

»Ich koche Kaffee, du redest.« Soraya sprang auf, ging hinüber zur Küchenecke und setzte Wasser auf. Kevin begann zu erzählen.

Als er beschrieb, wie er in die Bank gegangen war, rumpelte und zischte der Wasserkocher. Soraya sah Kevin gebannt an, während sie das Wasser in den Kaffeefilter goss.

»Die Frau in der Bank hat mir richtig leidgetan«, sagte Kevin gerade, als Sorayas Handy klingelte. »Geh ruhig dran«, meinte er.

»Backes? – Ja, ich bin um sieben da. Adresse hab ich. – Kein Rot, verstehe. – Ganz natürlich, klar.« Sie lachte, dann legte sie auf.

»Ich hab kein Wort verstanden«, sagte Kevin. Soraya brachte ihm seine Tasse und setzte sich neben ihn. »Erzähl ich gleich. Jetzt bist du erst mal dran.«

Als Kevin zu der Stelle kam, wo der Dackel ihn bis ins Parkhaus verfolgte, musste Soraya lachen.

»Ich weiß, das klingt lustig«, sagte Kevin. »Hinterher.

Und wenn man nicht dabei gewesen ist. In dem Moment hatte ich einfach nur schreckliche Angst, geschnappt zu werden.«

»Tut mir leid, mein Schatz.« Soraya gab ihm einen Kuss. »Dann solltest du den Hund aber möglichst bald loswerden. Sonst führt er noch jemanden auf deine Spur.«

Daran hatte Kevin noch gar nicht gedacht! Ja, bestimmt hatten viele Menschen auf dem überfüllten Platz gesehen, wie der Dackel ihn verfolgt hatte. Und wenn ihn jemand wiedererkannte? Er würde sich gleich morgen darum kümmern müssen.

Kevin erzählte weiter, und diesmal kam er bis zu der Stelle mit dem Hydranten, als Sorayas Handy erneut klingelte.

»In Aachen? Ja, klar kann ich euch da helfen.« Sie sah Kevin an und zuckte entschuldigend mit den Schultern. »Ja, danke, das ist echt nett von dir. – Gib mir deine Nummer, ich melde mich morgen, okay?«

»Sag mal …«, begann Kevin, aber Soraya legte ihm den Finger auf die Lippen. »Erst du.« Und so redete er weiter. Er war fast fertig, als es zum dritten Mal klingelte.

»Ich geh einfach nicht dran«, meinte Soraya.

Kevin lächelte müde. »Klar gehst du dran. Den Rest der Geschichte hast du ja selbst gesehen: Ich mit der Decke, der Hund mit der Hose …«

Diesmal dauerte das Gespräch etwas länger. Soraya versuchte, jemanden freundlich abzuwimmeln, aber offenbar gelang ihr das nicht. Als sie auflegte, sah sie ihn unglücklich an. »Also, wenn du noch duschen willst, solltest du dich beeilen. Michelle und Silvana sind gleich hier.«

Kevin konnte ein Stöhnen nicht unterdrücken. Sorayas Kolleginnen entsprachen so ziemlich jedem Friseusen-Klischee, das es gab. Manchmal fragte Kevin sich, warum seine Freundin ausgerechnet diesen Beruf gewählt hatte. Mit ihren Kolleginnen hatte sie außer der Leidenschaft für Haare nichts gemeinsam: Sie trug keinen Nagellack, keine Tattoos und kaum Make-up, und ihre besten Freundinnen waren eine Bühnenbildnerin am Schauspielhaus und die Schlagzeugerin einer Rockband.

»Tut mir leid«, sagte Soraya. »Die beiden haben mir wahnsinnig geholfen bei dem Cut-in. Sie haben Schichten mit mir getauscht und die Kanister besorgt und …«

»Nein«, sagte Kevin. »*Mir* tut es leid. Ich hab die ganze Zeit von mir geredet, dabei hätte die ganze Sache ohne dein Cut-in niemals funktioniert. Du warst fantastisch!«

»Stimmt«, sagte Soraya stolz. Kevin half ihr dabei, den kleinen Tisch für die Frauen zu decken, und jetzt erzählte seine Freundin. Das Cut-in war nicht nur supergut gelaufen, es waren auch Presse und Rundfunk da gewesen. Soraya hatte noch vor Ort zwei Interviews gegeben, und am Abend war sie zu einem Gespräch im Fernsehen eingeladen.

Aus dem Essen zu zweit würde also erst einmal nichts werden. Kevin schluckte seine Enttäuschung herunter und sagte: »Das ist ja toll! Aber mich erwähnst du am besten überhaupt nicht, okay? Sonst kommt noch jemand auf die Verbindung zu dem Überfall.«

»Klar doch.« Soraya lachte. »Ich werde denen erzählen, dass ich lesbisch bin und noch zu Hause wohne.«

Der erste Anruf war also vom TV-Studio gekommen und der zweite von einer Friseurmeisterin aus Aachen, die von dem Cut-in im Radio gehört hatte und so etwas auch bei sich organisieren wollte.

»Das ist großartig«, sagte Kevin. »*Du* bist großartig!«

»Ich weiß.« Soraya sah auf die Uhr über dem Herd. »Und jetzt schnell ins Bad, die beiden sind jeden Moment da! Ach ja, wenn du nachher gehst, nimm bitte diese eklige Decke mit. Und den Köter auch!« Schnell stopfte sie die Arzttasche mit dem Geld in den Backofen.

»Ich muss gleich ins Krankenhaus«, sagte Kevin, »da kann ich den Hund nicht brauchen.«

»Na, hier kann er jedenfalls auch nicht bleiben.«

Es klingelte. Kevin wollte im Bad verschwinden, stolperte aber über die Decke.

Zu spät.

»Tach, Kevin! Gerade erst aus dem Bett gekrochen?«, fragte Michelle neckisch. Ihr hautenges limettengrünes Top spannte über dem Bauch, und sie spielte mit ihren pinken Haarsträhnen. Kevin blickte schnell weg und zu Silvana hinüber. Die grinste ihn an und ließ ihren Bizeps spielen, um ihr neues Welpen-Tattoo vorzuführen. Kevin rappelte sich auf und hastete Richtung Badezimmer.

»Schicke Unterhose!«, rief Silvana ihm hinterher.

»Jetzt lass den Mann in Ruhe«, meinte Michelle. »Der sieht doch voll fertig aus. Anstrengende Nacht, was, Soraya?«

Kevin drehte die Dusche auf, bekam aber leider immer noch zu viel von der Unterhaltung nebenan mit.

»Kaut der dicke Hund da etwa auf ’ner Hose rum?«, hörte er Michelle fragen. »Voll gestört, der Mops, wenn du mich fragst!«

»Das ist ein fetter Dackel, kein Mops.« Das war Silvana. »Aber wo wir gerade von Möpsen reden, Soraya: Wenn du im Fernsehen bist, weißte, dann leih ich dir meine rote Bluse, die mit dem tiefen Ausschnitt. Da siehste bestimmt voll heiß mit aus!«

»Rot geht leider nicht«, sagte Soraya. »Wegen der Ka-

meras.« Kevin konnte nur staunen, dass sie nicht losprustete. So viel Selbstbeherrschung hätte er nicht aufge-
bracht.

»Und Streifen auch nicht.« Das war Michelle. »Die
flimmern so auf'm Bildschirm.«

Kevin stopfte sich Wattestäbchen in die Ohren.

»Streifen sind doch eh voll daneben.« Silvana klang
nun etwas dumpfer, aber zu seinem Leidwesen konnte
Kevin sie immer noch verstehen. »Hab ich gestern auch
Bri versucht zu verklickern. Also, ich so: ›Streifen gehen
gar nicht, Bri. Die machen dich doch voll fett.‹ Und sie
so: ›Längsstreifen machen aber dünn!‹ Und ich so:
›Schon mal 'nen Wal mit Längsstreifen gesehen?‹«

Als Kevin in Rekordzeit geduscht und abgetrocknet
war, musste er feststellen, dass er nichts zum Anziehen
im Bad hatte. Aber um nichts in der Welt würde er in ein
Handtuch gewickelt vor den Augen der Friseusen des
Grauens zum Kleiderschrank stolzieren! Kurzerhand
schnappte er sich etwas aus dem Wäschekorb. Fürs
Krankenhaus musste das reichen.

Er holte tief Luft, riss die Badezimmertür auf und
sprintete durchs Zimmer.

»Der Hund!«, rief Soraya ihm hinterher.

»Um den kümmere ich mich später, versprochen!«

Der Dackel kläffte. Das Letzte, was Kevin hörte, bevor die Haustür hinter ihm zufiel, war Michelle. »Echt
voll gestört, der Mops!«


# 11. Darth Vader

Eine von diesen ausgehöhlten Blechkugeln bringt Wursthose und mich weit weg.

Der Mensch wedelt mit einer Pipiflasche. Dann wirft er sich ein plattes totes Reh über. Das riecht lecker! Ich halte DIE MACHT ganz fest und folge ihm in seinen Bau.

Dort riecht es nach einem Baum. Aber er bewegt sich. Es ist ein Mensch, und es ist ein Baum. Ein Menschenbaum!

Ich bin im Hundehimmel! Ein Baum, der mit mir spielt, wenn ich das Bein an ihm hebe! Das probiere ich gleich aus, wenn die anderen Menschen weg sind.

# 12. Annika

»Watt is denn so komisch an unserem Hund?!« Atze beugte sich drohend vor. »Erklär mir datt mal, Frollein!«

*Kannst du dich nicht* einmal *zusammenreißen?*

Annika konnte förmlich sehen, wie ihre innere Stimme die Hände über dem Kopf zusammenschlug. Also, wenn eine Stimme Hände haben könnte.

Annika brauchte eine überzeugende Erklärung für ihren Lachanfall, aber ihr fiel beim besten Willen nichts ein. Da kam ihr überraschenderweise Daniel zu Hilfe. Offenbar hatte er beschlossen, das Spiel fürs Erste mitzumachen.

»Nun, an dem Hund ist natürlich gar nichts komisch. Ein prächtiger Langhaardackel mit einer beeindruckend glänzenden Fahne.«

Annika war so verblüfft, dass sie nicht einmal hysterisch kichern konnte, obwohl es selten einen passenderen Moment gegeben hatte.

»Ganz recht«, knurrte Atze.

»Tach, Leute!« Am offenen Fenster erschien ein bulliger Typ mit wenigen, dafür aber umso fettigeren Haaren. »Sach mal, Atze, haste schon meine Tickets für Beyoncé?«

*Keinen Mucks!*, befahl Annikas innere Stimme.

»Dauert noch ein paar Tage, Kalle.« Atze wirkte mit einem Mal unsicher, und Jojo biss sich auf die Lippe. Was hatte das zu bedeuten?

Dann grinste Atze. »Ach, Kalle, wo du schon da bist: Guck dir diese beiden hier mal an. Der Kerl hat mich eben auf der Straße angegriffen. Haste doch gesehen, oder?«

Kalle kratzte sich am Kopf, was seiner Frisur nicht gut bekam. »Also, wenn du mich so fragst ... Klar, hab ich gesehen. Würd ich notfalls sogar bezeugen. – Was meinste, sind auch noch zwei Backstage-Pässe drin?«

Atze nickte, und Kalle zog zufrieden von dannen. Während Annika sich noch fragte, was hier gerade passiert war, meinte Daniel: »Drohungen sind unter Ehrenmännern ...«, er sah Annika kurz an, »... und -frauen nicht nötig. Wir werden euren Dackel suchen und finden. Ihr habt mein Wort.«

»Meins auch«, stieß Annika hervor.

»Dann erzählen wir euch jetzt mal, was ihr über unseren *Darcy* wissen müsst«, sagte Jojo. »Jemand noch ein Stück Apfelstreusel?«

Annika hätte nicht gedacht, dass ihre Lage noch absurder werden könnte.

Als Jojo erzählte, dass ihr *Darcy* absolut verrückt nach

Teewurst war und dafür alles stehen und liegen ließ, da hatte Annika das noch mit ungerührter Miene in ihr Notizbuch geschrieben. Bei der Information, dass der Hund panische Angst vor Babys hatte, hatte ihre innere Stimme leise *Echt jetzt?!* gesagt. Aber als Atze dann auch noch berichtete, dass der Dackel nicht das Bein heben konnte, wenn jemand zuguckte, da rief sie empört: *Give me a break!*

Annika ließ ihren Stift zu Boden fallen, um beim Bücken ihr Grinsen zu verstecken. Aber sie konnte nicht verhindern, dass die anderen ihr unterdrücktes Lachen bemerkten.

»Watt getz, biste etwa am Lachen?«, fragte Atze drohend. »Über unsern *Darcy*?«

»Natürlich nicht«, widersprach Annika vehement, wobei ihr leider ein weiteres Glucksen entfuhr. »Ich musste nur gerade an diesen Witz denken.«

»Ach ja? Welchen denn?«, wollte Atze wissen.

»Na, den mit dem Mann, der nur pinkeln kann, wenn niemand zusieht«, fabulierte Annika ins Blaue hinein. Die anderen drei sahen sie gespannt an.

»Na ja, also, dieser Typ kann nicht pinkeln, wenn jemand zusieht«, wiederholte sie, während sie fieberhaft überlegte, wie der Witz weitergehen könnte.

*Du bist doch Schriftstellerin! Das kann ja wohl nicht so schwer sein*, kommentierte ihre innere Stimme.

»Eines Tages muss er während eines Meetings dringend aufs Klo. Er geht also auf die Toilette, aber alle Kabinen sind besetzt. Und eines der Urinale auch. Er wartet also, es wird immer dringender, und schließlich sagt der Mann, der immer noch am Urinal steht … äh …« Annikas Kopf war wie leergefegt.

»Den kenn ich«, sagte Daniel. »Der Mann sagt: ›Gegen eine kleine Spende mache ich auch Muster.‹«

Annika starrte Daniel an, eine Ewigkeit, so schien es ihr, bevor sie endlich sagen konnte: »Genau.«

Jojo meinte: »Na, soo lustig finde ich den nicht.«

Aber Atze brüllte vor Lachen. »›Ich mach auch Muster‹!« Er schlug Daniel auf die Schulter. »Ein Knallerwitz, Junge!«

*Selten blöder Witz, aber trotzdem: Alle Achtung*, bemerkte Annikas innere Stimme. *Das hätte ich Mr Vornehm gar nicht zugetraut.*

»Gibt es noch weitere Informationen, die uns bei unseren Ermittlungen helfen könnten?«

Da war er wieder, der alte Daniel. Annika wünschte, ihr Held würde nicht so geschwollen daherreden. Er machte es einem wirklich nicht leicht, eine Beziehung zu ihm aufzubauen. Die sie selbstverständlich aus rein beruflichen Gründen anstrebte.

Jojo sagte irgendwas von »Tatort«, als Annikas Blick auf die Wanduhr in der Zimmerecke fiel. »Scheiße, ich muss los!« Schnell raffte sie ihre Sachen zusammen und sah dann Daniel auffordernd an. »Wir gehen!«

Atze moserte. Jojo drückte Annika eine Karte in die Hand. »Ruft uns an, sobald ihr was wisst.«

Annika sprang auf und schnappte sich ihre Tasche. »Ach ja, am besten hängt ihr schon mal Steckbriefe in eurer Nachbarschaft auf und postet auf Facebook, Twitter und so, dass ihr euren Hund sucht. Wir melden uns!« Und damit zog sie Daniel hinter sich her auf die Straße.

Verdammt, sie musste sofort zur Straßenbahn, wenn sie rechtzeitig am Kölnberg sein wollte! Sie hatte zwar keine passenden Klamotten an. Aber wenn sie sich nicht an ihre eigenen Regeln hielt, konnte sie kaum erwarten, dass die Kids es taten.

Dabei hätte sie so gern gewusst, wo Daniel wohnte

und wer er war und … Nein, für eine Verfolgung hatte sie jetzt keine Zeit. Sie konnte nur hoffen, dass er sich nicht vom Acker machte und sie mit der Dackelsache allein ließ.

»Sollen wir uns morgen so um zehn treffen? Auf dem Schälplatz, wo der Hund verschwunden ist? Oder arbeitest du dann?«

»Zehn Uhr passt mir gut.«

Annika zog ihr Smartphone hervor. »Okay, gib mir deine Nummer, dann schick ich dir meine.«

»Äh, ich habe mein Handy nicht dabei.«

*Na klar!*, spottete Annikas innere Stimme.

Annika kritzelte ihre Nummer auf einen Zettel und drückte ihn Daniel in die Hand. »Hör mal, du lässt mich doch nicht hängen, oder? Ich kann mir nicht erlauben … Ich meine … Sei einfach da, morgen um zehn, ja?«

»Selbstverständlich«, erwiderte Daniel.

*Ein einfaches Ja hätte auch gereicht.*

»Super, dann bis morgen!« Annika rannte los.


# 13. Daniel

Nein, mit *Il Serpente* konnte diese Frau nichts zu tun haben. Oder sie war die beste Schauspielerin der Welt.

Er würde ihr folgen. Nur um sicherzugehen.

Daniel schlich Annika in die Straßenbahn hinterher, die sie nach einigen Stationen wieder verließ. Danach nahm sie eine weitere Bahn und schließlich einen Bus, Richtung Meschenich.

Er hatte schon als kleiner Junge gelernt, Menschen zu durchschauen. Sonst hätte er in seiner Familie nicht lange überlebt. Aber diese Frau war wie eine Installation von Beuys: Sie gab einem immer neue Rätsel auf.

Zum Beispiel ihr Outfit. Elegantes Etuikleid, aber von der Stange; passende hochhackige, aber preiswerte Schuhe vom Discounter; teure Umhängetasche aus Leder, möglicherweise von Prada, die aber bereits mindestens eine Generation lang in Gebrauch war. Aus alldem hatte Daniel geschlossen, dass Annika wohl nicht in einem der teuren Viertel wohnte. Aber Meschenich? Wo der Kölnberg lag, das bekannte Problemviertel? Kaum jemand wohnte freiwillig dort, und kaum jemand fuhr freiwillig dorthin. Schon gar nicht jemand, der so angezogen war wie Annika. Was also wollte sie dort?

Als sie aus dem Bus stieg, sah sie sich nicht suchend um, als müsste sie sich in einer unbekannten Umgebung orientieren. Nein, sie ging, ohne nachzudenken, in Richtung des grauen Hochhausblocks. Sie kannte sich hier aus!

Dann blieb sie plötzlich stehen und drehte um.

Daniel drückte sich in einen Hauseingang. Hatte sie gemerkt, dass sie verfolgt wurde?

Er zählte langsam bis zwanzig, bevor er vorsichtig um die Ecke lugte. Und sah gerade noch, wie Annika in einem Billigladen verschwand, den sie kurz zuvor passiert hatte.

Nach wenigen Minuten öffnete sich die Ladentür, und heraus kam … Ja, das war Annika. Auch wenn sie nun ganz anders aussah. Sie trug ein enges graues T-Shirt mit Totenkopfmuster, dazu eine Jeans, die ihr mindestens zwei Nummern zu groß war. Darum schleiften die Hosenbeine auf dem Boden. Welchen Zweck das hatte, wurde Daniel klar, als sie losging: Die Hose verdeckte die hochhackigen Schuhe, die nicht zu ihrem neuen Outfit passten.

Eine Frau mit vielen Gesichtern. Ihm gegenüber war sie die ungehobelte und leicht verrückte, aber angeblich harmlose Schriftstellerin gewesen. Und welche Rolle spielte sie diesmal?

Plötzlich bog Annika ab und verschwand durch eine Buchenhecke. Daniel schlenderte betont lässig an einer Gruppe Jugendlicher vorbei, die in der Nähe standen, rauchten und sich gegenseitig anpöbelten, wenn sie nicht gerade mit ihren Handys beschäftigt waren.

Einer machte eine Bemerkung über ihn, aber Daniel ignorierte ihn. Erst hundert Meter weiter drehte er sich um – und sah gerade noch, wie der Letzte von ihnen durch dieselbe Hecke verschwand wie Annika kurz zuvor.

Daniel lief zurück. Hinter der Hecke führte ein Pflasterweg zu einem der tristen Hochhäuser dieser Gegend. Ein Stück von der Eingangstür entfernt stand ein großes Tor offen, bemalt mit unzähligen Graffiti. Und direkt unter dem Schild »Ocean Club«, neben einem Hai-Graffito, stand Annika und begrüßte jeden der ankommenden Jugendlichen mit etwas, das wie der geheime Handschlag einer Gang aussah.

Daniel stand immer noch da, als sich das Tor längst geschlossen hatte, und versuchte sich einen Reim auf das zu machen, was er gerade gesehen hatte.

Wer, zum Teufel, war diese Frau?

Die Fahrt nach Hause nutzte Daniel, um ein Haiku zu schreiben.

Manche Leute beruhigte das, wie er den zahlreichen Kommentaren in den diversen Haikugruppen bei Twitter entnahm. Ihm half es auch durchaus, seine Gedanken zu bündeln, aber das war nicht der Grund, warum er dichtete. Vielmehr tauschte er auf diesem Weg verschlüsselte Nachrichten mit seinem Kontaktmann aus. Nachrichten, von denen schon mehr als einmal sein Leben abgehangen hatte.

> **Twitter**
> @haikuhai
> *Die Frau schleicht heran*
> *Ihr rotes Haar weht im Wind*
> *Sieht sie die Kobra?*
> *#haiku*

Als er in Braunsfeld aus der Bahn stieg, hatten vier Leute sein Haiku retweetet, und einer hatte ihm geraten, die Haarfarbe der Frau in »Blond« zu ändern, weil das ihre Unbedarftheit besser unterstreichen würde.

Hermann hingegen hatte noch nicht geantwortet. Sein Beruf – oder vielmehr: sein Arbeitgeber – machte es ihm zeitweise unmöglich, unbemerkt Nachrichten zu übermitteln. Darum war Daniel nicht beunruhigt.

Vorerst.

Er betrat das Haus, in dem er seit einem halben Jahr wohnte, und nahm die Treppe in den dritten Stock. Die Tür zu seiner Wohnung sah genauso aus wie alle anderen. Aber das täuschte.

Er bückte sich und prüfte die beiden Stellen, an denen er bei seinem Aufbruch am Morgen Haare angeklebt hatte. Sie waren unversehrt. Er drehte den Schlüssel im Türschloss. Dann klappte er eine schmale Metallleiste zur Seite, hinter der sich ein weiteres Schloss verbarg, ein Sicherheitsschloss diesmal. Es führte zu einem Panzerriegel, der auf der anderen Seite im Mauerwerk verankert war.

Daniel entriegelte ihn und klappte danach sorgfältig die Leiste wieder an ihren Platz. Er schaltete von außen das Licht in der Wohnung ein und prüfte die Diele auf verräterische Veränderungen. Im Staub, den er jeden Tag frisch hinter der Tür verteilte, waren keine Spuren zu erkennen. Zur Sicherheit verglich er zusätzlich die Lage der Staubflocken mit dem Foto, das er bei seinem Weggang gemacht hatte. Und schließlich rief Daniel – nicht zum ersten Mal an diesem Tag – seine Überwachungs-App auf. Nichts.

All das dauerte keine zwei Minuten, dann konnte er endlich die Tür hinter sich schließen. Mit einem Klick auf dem Handy ließ er die Espressomaschine einen milden Robusta brühen, ein weiterer Klick setzte die Surround-Anlage in Gang. Kräftiger Blues von Joe Bonamassa.

Er ging hinüber ins Wohnzimmer und betrachtete, während er seinen Espresso trank, das herrliche Waldgemälde von Lionel Feininger. Wie all seine Bilder wirkte es wie aus schmalen bunten Glasscherben zusammengefügt. Es war fast eine halbe Million Franken wert, aber deswegen hatte Daniel es bei seiner Flucht nicht mitgenommen. Es war immer sein Lieblingsbild gewesen.

Und das seiner Mutter.

Genug davon. Er hatte zu tun.

Denn so wohl er sich in dieser Wohnung fühlte – vielleicht musste er schon bald hier verschwinden. Er durfte sich keine Fehler und keine Unachtsamkeit erlauben.

Daniel öffnete den Safe, schob den Beutel mit den Krügerrands beiseite und nahm seinen Laptop heraus.

Dann machte er sich im Netz auf die Suche nach Annika Conrad.

# 14. Kevin

Bei seiner Schicht im Lellis-Krankenhaus hatte Kevin keine Zeit, darüber nachzudenken, was er Ungeheuerliches getan hatte.

Zwei Stunden lang hetzte er von einem Zimmer zum nächsten, leerte Bettpfannen aus, half Patienten ins und aus dem Bett und verteilte Medikamente, wenn die Schwestern keine Zeit dafür hatten. Dann befahl Schwester Nadine ihm, zehn Minuten Pause zu machen. Kevin rannte um die Ecke zum italienischen Eiscafé, besorgte zwei Becher Capuccino und erreichte Zimmer 421 auf der Palliativstation in neuer Rekordzeit von vier Minuten und zwölf Sekunden.

»Tag, Frau Passmeyer! Cappuccino?«

Die alte Frau klappte ihr Buch zu und lächelte ihn an, was ihre unzähligen Falten in Bewegung versetzte wie bei einem ungebügelten Taschentuch, das jemand hin und her schwenkte. »Sie sind meine Rettung, Dr. Kevin!«

Kevin drehte ihren Nachttisch so, dass sie allein an den Becher kam. »Sie wissen doch, ich bin kein Doktor.«

Das war ein altes Spiel zwischen ihnen. Frau Passmeyer wusste genau, dass er kein Arzt war – aber sie wusste auch, wie gern er einer wäre.

Sie nippte genüsslich an ihrem Becher. »Wenn ich Sie nicht hätte, wäre ich schon lange tot.«

»Und wenn ich Sie nicht hätte, hätte ich schon lange aufgegeben.«

Frau Passmeyer lachte. »Sie doch nicht! Sie werden

einmal ein fabelhafter Arzt werden. Und wissen Sie, warum? Weil sie ein guter Mensch sind! Das weiß ich so sicher, wie der Krankenhauskaffee ungenießbar ist.«

Vor Kevins innerem Auge erschien das Bild der verängstigten Bankangestellten. Er sah den Angstschweiß, der ihren Hals hinablief … Ja, wenn alles gut ging, würde er tatsächlich Arzt werden. Aber ein guter Mensch? Das hatte er verspielt.

»Sie kennen mich nicht«, sagte er. »Ich habe …«

»Das mit dem Studiengeld wird sich sicher noch finden.«

»Das meine ich nicht.«

»Wir alle tun Dinge, die wir später bereuen.« Sie drehte den Kopf zum Fenster und sah mit einem Mal so elend aus, dass Kevin sich schämte. Er hatte Probleme, ja. Aber verglichen mit denen von Frau Passmeyer waren sie lächerlich. Kevin wusste, dass sie eine Tochter und ein Enkelkind hatte. Doch sie bekam nie Besuch, obwohl sie im Sterben lag. Was hatte sie wohl getan, dass ihre Tochter ihr nicht verzeihen konnte? Kevin legte eine Hand auf ihren Arm.

Die alte Frau seufzte. »Wir können nichts anderes tun, als aus unseren Fehlern zu lernen. Für mich ist es zu spät. Aber Sie haben Ihr ganzes Leben noch vor sich, Kevin.«

»Es ist nie zu spät«, sagte Kevin, aber zum Glück war sie da schon eingeschlafen. Sonst hätte sie vielleicht gemerkt, wie wenig er selbst daran glaubte.

Als Kevin einige Stunden später nach Hause kam, hörte er Soraya schon im Hausflur schreien: »Pfoten weg! Ich bring dich um!«

In der Erwartung, einen Einbrecher vorzufinden, schnappte Kevin sich den Schirm hinter der Tür und stürzte ins Zimmer. Doch da war niemand, der seine Freundin bedrohte. Stattdessen …

Soraya hüpfte auf einem Bein herum und schrie dabei den Dackel an. Gleichzeitig zerrte sie an seiner Leine, aber das hinderte ihn nicht daran, bellend um sie herumzutänzeln und dabei immer wieder das Bein zu heben. Eine Pfütze auf dem Boden und gelbe Flecken auf Sorayas weißer Leinenhose zeigten, dass das schon eine Weile so ging.

»Kevin!«, brüllte Soraya. »Schaff mir dieses Mistvieh vom Hals!«

Wie auf Kommando ließ der Hund von ihr ab und verkroch sich unters Sofa. Es sah fast so aus, als schämte er sich.

»Soraya …« Weiter kam Kevin nicht. Seine sonst so sanftmütige Freundin warf dem Dackel einen mörderischen Blick zu. »Die Hose ist hin! Und duschen muss ich jetzt auch noch mal, so kann ich doch auf keinen Fall ins Fernsehen!«

»Ich …«

»Sag jetzt besser gar nichts!«, schnaubte Soraya. Sie zog die ruinierte Hose aus und stapfte ins Bad. »Wenn ich fertig bin, will ich dieses Pinkelmonster hier nicht mehr sehen!« Sie knallte die Tür hinter sich zu.

Kevin beugte sich zu dem Dackel hinunter, der den Kopf zwischen die Pfoten gelegt hatte. »Sie meint das nicht so«, log er. »Aber es ist wohl besser, wenn du zu deinem Herrchen oder Frauchen zurückgehst, oder?«

Zum ersten Mal kam ihm in den Sinn, nach einer

Hundemarke am Halsband des Dackels zu suchen. Ja, es gab eine, mit einer Nummer. Damit konnte man sicher herausfinden, wem der Hund gehörte. Aber Kevin konnte das Risiko nicht eingehen, bei irgendeiner Behörde nachzufragen.

»Raus mit euch!«, rief Soraya aus dem Bad.

Kevin packte die Hundeleine und zog den widerwilligen Hund hinter sich her.


# 15. Darth Vader

Ich habe mit dem Menschenbaum gespielt. Er ist gehüpft und hat gerufen, wenn ich das Bein gehoben habe. Das hat Spaß gemacht!

Dann ist Wursthose gekommen und hat zugeguckt, da konnte ich nicht weitermachen. Das war schade.

Jetzt geht Wursthose mit mir spazieren. Erst waren überall Blechkugeln, jetzt sind überall Bäume. Das ist schön.

Wursthose ist gerade ganz schnell weggelaufen. Aber ich habe jetzt keine Lust zu spielen. Ich rieche mich ein bisschen um, vielleicht sind ja Bekannte hier.


# 16. Annika

»Und dann meinte er, er wäre an meinem Drehbuch interessiert.«

»Nein!«

»Aber ich soll meinen Helden ein bisschen verändern.«

»Nein!«

»Ach, das ist kein Problem. Ich habe da in der Bahn jemanden kennengelernt …«

»Nein! Echt jetzt?«

Annika lag in Unterwäsche auf ihrem Schlafsofa, eine Flasche Kölsch in der Hand, und schilderte Chantal die Ereignisse des Tages. Hin und wieder warf sie einen Blick auf den lautlos laufenden Fernseher. Vielleicht brachten die Lokalnachrichten ja irgendetwas, das ihr bei dem Dackelfall helfen konnte.

»Scheiße, wenn der Typ echt die Bullen gerufen hätte …«, meinte Chantal zum Schluss.

»Hat er ja nicht«, sagte Annika.

*Noch nicht*, warf ihre innere Stimme besserwisserisch ein. *Und ich drück dir echt die Daumen, dass dieser Daniel morgen wirklich auftaucht.*

*Welche Daumen?*

Jetzt war Chantal dran. Sie hatte den Tag damit verbracht, Bewerbungen rauszuschicken. Ihre Prüfungen zur Tanzpädagogin hatte sie voriges Jahr mit Auszeichnung bestanden, aber die Jobsuche gestaltete sich schwierig. Vor allem, weil sie nicht bereit war, aus Köln wegzugehen. Um Geld zu verdienen, jobbte sie in der Zwischenzeit in einem Café.

Im Fernseher zauberte ein schmieriger Blondschopf dem Moderator ein Pik-Ass hinter dem Ohr hervor, was das Studiopublikum in einen Begeisterungsrausch versetzte.

»Ach ja, ich hab da einen Neuen für dich«, sagte Chantal. »Kam ins Café und machte einen auf dicke Hose. Aber als mir ein Löffel vom Tablett fiel, hat er ihn aufgehoben und mir mit einem Lächeln wiedergegeben.«

»Wenn das nicht romantisch ist.«

Chantal lachte. »Er ist dreizehn. Dreimal verhaftet wegen Diebstahls, einmal wegen Körperverletzung. Der andere musste ins Krankenhaus. Aber er ist eben noch nicht strafmündig. Sein bester Freund ist bei den *Pandas*.«

»Scheiße.«

Sie schwiegen eine Weile, bis Annika sagte: »Schick ihn morgen um drei zum Club.«

Aus dem Augenwinkel bemerkte sie, wie ein Kerl das Fernsehstudio betrat. Den kannte sie doch! Er sah sich um, als würde ihm der Sender gehören, und ließ sich breitbeinig in einen Sessel fallen. »Hieronymus Karl, Opernregisseur«, verriet eine Einblendung.

»Du, schick mir, was du über den Jungen hast, okay? Ich ruf dich morgen an, muss jetzt Schluss machen.«

»Mach ich«, sagte Chantal. »Und tu nichts, was ich nicht auch tun würde.«

»Käme mir nie in den Sinn. Tschüss!« Annika legte auf.

Ihre innere Stimme lachte hämisch.

*Das mit Daniel ist rein beruflich,* meinte Annika würdevoll.

*Und Bill Clinton hat nie inhaliert,* gab ihre innere Stimme zurück.

Annika stellte den Fernseher laut.

»… einen bahnbrechenden neuen Interpretationsansatz«, sagte der Moderator. Er blätterte hektisch in seinen Karten. »Ah ja. Das hat bislang noch kein Regisseur gewagt, die phallische Komponente bei *Star Wars* durch feminine Klischees zu ironisieren. Was genau hat sie bewogen, rosa Laserschwerter zu verwenden? Und was hat es mit dem Einhornglitter auf sich?«

Ey wand sich auf seinem Stuhl, während seine Augen Blitze schleuderten und er irgendwas Unverständliches brummte. Doch dann richtete er sich auf und faselte von »freudianischem Witz« und »provokativer Kombination moderner Mythen«.

Annika hoffte für Eys Regieassistenten, dass er den morgigen Tag überlebte, und hatte gerade ausgeschaltet, als sie plötzlich eine brillante Idee für die dritte Szene ihres Drehbuchs überfiel. Obwohl sie hundemüde war, klappte sie das Schlafsofa zusammen. Je schneller sie Karim Schulz etwas vorlegen konnte, desto besser. Sonst vergaß er sie womöglich noch.

Wenngleich das nach der Sache mit der vollbusigen Nixe und der Besetzungscouch unwahrscheinlich war.

Annika nahm sich ihr Drehbuch vor und versank in der Welt ihres Helden.

# 17. Jojo und Atze

Jojo schob die Schüssel mit den Crackern auf dem Couchtisch ein Stück nach rechts und wischte schnell mit dem Lappen nach. »Ich bin mal gespannt, wie der komische Typ sich da rauswindet.«

»'n echter Schlunzkopp«, bestätigte Atze mit vollem Mund und versprühte dabei Krümel. Mit vorwurfsvollem Blick putzte Jojo sie vom Tisch.

»Nun, Mark.« Im Fernsehstudio wrang der Opernregisseur die Hände, dann schenkte er dem Moderator ein unechtes Lächeln. »Lassen Sie es mich so erklären: Es wird Zeit, dass jemand endlich einmal die Psychologie hinter *Star Wars* sichtbar macht, ohne Tabus und in aller Konsequenz. Und bei *Star Wars* geht es eben vor allem um das Phallische«, er wurde lauter und hob theatralisch die Arme, »und all den Glitter, der darauf gestreut wird, um diese kindischen Männerfantasien zu übertünchen!«

Der Großteil des Publikums applaudierte begeistert, aber es waren auch Pfiffe zu hören.

Atze nahm Jojo den Lappen weg. »Watt meinste, soll ich uns da Karten für besorgen? Für die Premiere? Ich mein, is ja immerhin *Star Wars*.«

»Ich nehme mal an, du kennst da wen, der dir die besorgen kann«, meinte Jojo schnippisch.

»Nich datt schon wieder! Watt haste denn da immer für'n Problem mit? Kein vernünftiger Mensch stellt sich doch stundenlang irgendwo an, wenn er die richtigen Leute kennt.«

Jojo riss ihm den Lappen aus der Hand. »Dann ruf doch mal deine ›richtigen Leute‹ an, damit wir endlich unseren Darcy wiederkriegen!« Sie rückte von Atze ab. Beide starrten auf den Bildschirm.

Der Moderator blickte Hilfe suchend auf seine Karten, während das Studiopublikum immer noch johlte und pfiff. »Ja, also«, er hob die Stimme, »wo wir gerade von Glitter gesprochen haben, da möchte ich doch gleich unseren nächsten Gast dazubitten. Sie hat beruflich nämlich ebenfalls mit Glitter zu tun, aber heute haben wir sie eingeladen, weil …«

»Glitter!«, schnaubte Jojo. »Und die, die das Zeug nachher wegmachen müssen? An die denkt natürlich keiner.« Gedankenverloren sprühte sie Möbelpolitur auf einen neuen Lappen und begann mechanisch über die Sofalehnen zu wischen.

# 18. Kevin

Kevin hätte glücklich sein müssen. Oder doch wenigstens zufrieden. Er saß mit einem Glas billigem, aber trinkbarem Merlot vor dem Fernseher, im Backofen lagen an die zweihunderttausend Euro, er war den dicken Dackel los, und seine Freundin bezauberte gerade nicht nur ihn, sondern auch den Moderator und das Studiopublikum.

»Frau Backes, von dem Banküberfall auf dem Schälplatz haben wir vorhin schon berichtet. Aber auch von Ihrem Cut-in heute Morgen dort spricht inzwischen die ganze Stadt. Bevor Sie uns erzählen, wie es dazu kam, hier erst einmal ein kleiner Eindruck für unsere Zuschauer.«

Der Einspieler begann mit einem Schwenk über einen brechend vollen Platz. Es ging zu wie beim Karneval, wenngleich mit beschränkter Auswahl bei den Kostümen: Es dominierten Friseurinnen, einkaufende Menschen und Obdachlose.

Die Reporterin hielt auf eine Frau in Jogginghose und Schlabbermantel zu, die mit einem seligen Lächeln auf einem Hocker saß, die Plastiktüte eines Schuhgeschäfts neben sich. Ihre langen braunen Haare wurden hingebungsvoll von einem jungen Friseur bearbeitet.

Die Reporterin hielt der Frau das Mikrofon unter die Nase. »Darf ich fragen, was Sie heute hierhergeführt hat?«

»Ich brauchte neue Schuhe.«

Die Reporterin nickte aufmunternd. Die Frau deutete auf die Tüte zu ihren Füßen. »Na, und die hab ich dann auch gekauft.«

»Und jetzt …?«, lockte die Reporterin. Die Frau sah sie verständnislos an. »Na, jetzt gehören die mir.«

»Jetzt«, half der schnauzbärtige Friseur aus, »jetzt bekommt die Dame zu ihren neuen Schuhen die passende Gretchenfrisur. So, gleich fertig!«

Die Reporterin ging weiter. Hinter ihr zeigte die Frau mit dem unfertigen Gretchenzopf auf sie und tippte sich an die Stirn. Der Friseur grinste.

»So wie dieser Frau ging es heute vielen«, meinte die Reporterin. »Sie wollten einfach nur einkaufen oder spazieren gehen und fanden sich plötzlich mitten im ersten Kölner Cut-in. Etwa dreißig Friseurinnen und Friseure haben sich hier eingefunden, um jedem, der möchte, umsonst die Haare zu machen.«

Ein Kameraschwenk zeigte, wie überall gewaschen und geföhnt wurde, geflochten und geschnitten. Dann wurde die Kamera unsanft zur Seite gezerrt, und ein ungewaschenes Gesicht blickte direkt hinein. Nach einem kurzen Kampf zog sich die Kamera aus der Reichweite des Mannes zurück, der in mehrere Schichten Pullover und Mäntel gehüllt war und einen mit Tüten und Taschen gefüllten Einkaufswagen vor sich herschob.

Er strahlte und drehte den Kopf hin und her wie ein Frisurenmodell. »Klasse, was? Hat die nette Friseuse da vorne gemacht. Waschen, schneiden, legen, Haare schön. Ich glaube, das gönne ich mir jetzt öfter mal. Kleine

Spende, der Herr?« Die letzten Worte musste er rufen, weil der Kameramann im Eilschritt flüchtete.

Die Reporterin lächelte gezwungen. »Ja, hier kann heute wirklich jeder eine Haarwäsche oder einen Schnitt bekommen. – Und das sind die Menschen, die das alles auf die Beine gestellt haben.« Sie erreichte eine Gruppe Friseurinnen und hielt einer der Frauen das Mikro hin. »Wieso sind Sie zum Beispiel heute hier, Frau …?«

»Michelle, sagen Sie einfach Michelle.« Die Frau kicherte und zupfte an ihren pinken Haaren. »Ich bin hier, weil Soraya mich gefragt hat. Ich fand die Idee gleich mega.«

»Genau wie ich.« Eine muskulöse Frau drängte sich nach vorne und griff nach dem Mikrofon. »Ich hab gleich gesagt: Da bin ich dabei.«

Ein stummer Kampf um das Mikro entspann sich, den die Reporterin gewann. Sie entfernte sich hastig. »Soraya, das ist übrigens Soraya Backes, die Organisatorin dieses Events. Ich werde versuchen, sie ebenfalls vor die Kamera zu bekommen.«

Hier endete der Einspieler. Der Moderator lächelte entschuldigend in die Kamera. »Frau Backes war heute Morgen verständlicherweise zu beschäftigt, um ein Interview zu geben. Aber dafür haben wir sie jetzt live und in Farbe hier für Sie im Studio!«

Die Zuschauer klatschten begeistert – und Soraya sah atemberaubend aus. Sie trug wie immer kaum Make-up, dafür aber eine kunstvoll geflochtene Hochfrisur, die über ihrem schlichten blauen Top und der grauen Hose besonders gut zur Geltung kam.

»Frau Backes, wie sind Sie denn auf die Idee mit diesem Cut-in gekommen?«

Kevin verfolgte das Gespräch gespannt. Soraya erfand einen harmlosen Anlass für die Idee zum Cut-in (wobei sie Kevin natürlich nicht erwähnte). Sie dankte den vielen Helferinnen und Helfern, vor allem ihren beiden Freundinnen. Und sie war dabei so professionell und zugleich natürlich, dass es eine Freude war, sie zu beobachten.

Kevin goss sich noch ein Glas Rotwein ein. Ja, er konnte sich glücklich schätzen: genug Geld zum Studieren, eine wunderbare Freundin … Und er freute sich ja auch für Soraya, wirklich. Aber nach diesem Auftritt heute würde sie sicher unzählige Anfragen bekommen. Und dann organisierte sie vielleicht bald nur noch Events wie dieses Cut-in. Vielleicht wollte sie dann gar nicht mehr mit ihm nach Belgien gehen …

Wenigstens konnte der Dackel ihn nicht mehr verraten.

Hoffentlich fand das arme Tier wieder nach Hause.

Kevin schaltete den Fernseher aus und starrte die halb leere Weinflasche an. Dann nahm er »Wer die Nachtschwester stört« von der Fensterbank und vertiefte sich in das neue Abenteuer von Dr. Hendrik von Sonderbergh.

*»Was willst du mit dem Dolche, sprich!«*, zitierte Dr. von

Sonderbergh aus der »Bürgschaft« von Schiller, als er den dunklen Operationssaal betrat.

Der alte Arzt fuhr herum. Das Skalpell in seiner Hand blitzte.

Dr. von Sonderberghs Stimme wurde sanft. »Wollen Sie das wirklich tun, Dr. Bader?«

»Ich … was … was machen Sie denn hier?«

Dr. von Sonderbergh lächelte. »Ich hatte so eine Ahnung, dass Sie die Sache nicht auf sich beruhen lassen würden. Und was wäre ich für ein Chefarzt, wenn ich einem Kollegen bei einer schwierigen Gewissensentscheidung nicht beistehen würde?«

Dr. Bader ließ das Messer sinken und stand mit einem Mal da wie eine Marionette, der man die Fäden abgeschnitten hat. Er wehrte sich auch nicht, als Dr. von Sonderbergh ihm das Skalpell aus der Hand nahm. Doch dann griff er wie ein Ertrinkender nach dem Arm des Chefarztes.

»Wie machen Sie das nur, dass Sie immer da sind, wenn ich drauf und dran bin, einen schweren Fehler zu begehen?! Dass Sie mein Gewissen sind, wenn ich selbst …« Seine Stimme brach.

Dr. Hendrik von Sonderbergh legte dem gequälten Mann eine Hand auf die Schulter und sah ihm gütig in die Augen. »Dafür bin ich doch da.«

Kevin blickte hoch, in Richtung des Backofens. Hatte er auch einen schweren Fehler gemacht? Aber was konnte er jetzt noch daran ändern? Nicht jeder hatte das Glück, Dr. von Sonderbergh als Helfer in der Not zu haben.

Als Kevin das leise Geräusch hörte, wurde ihm bewusst, dass er es schon eine Weile im Hintergrund wahrgenommen hatte. Ein Kratzen … Da, wieder! Etwas kratzte und schabte vor der Wohnungstür.

Kevin legte seinen Heftroman weg und schlich zur Tür. Vorsichtig öffnete er sie einen Spaltbreit.

Und da saß es, dick und braun, sein persönliches Gewissen, und sah ihn hungrig an.

»Hallo, Sonderbergh.« Kevin seufzte, dann hielt er die Tür auf. »Lust auf Teewurst?«

# 19. Darth Vader

Als Wursthose weg ist, treffe ich Rosenfell! Wir freuen uns beide sehr, und ich springe wie immer auf sie drauf. Aber ihr Würger zieht sie weg. Schade.

Ich hocke mich hinter einen Baum. Dann kommt ein Körbchen mit Rädern. Der kleine Mensch darin schreit mich an. Ich bekomme Angst und renne weg, so schnell ich kann.

Ich folge dem Geruch des Menschenbaums, der an Wursthose klebt. Hoffentlich hat er noch mehr Wurst für mich.

# 20. Daniel

Annika Conrad schrieb Heftromane, lebte in Köln und war dort auch geboren. Das war eigentlich alles, was das Internet über sie hergab.

Sie betrieb zwar eine Website, aber die enthielt wenig mehr als ihre Kontaktdaten. Kein Facebook- oder Twitter-Account, keine Social-Media-Aktivitäten, soweit Daniel das feststellen konnte. Natürlich waren im Netz einige Bilder von ihr zu finden – aber die stammten alle aus den letzten Jahren. Keine Kinderbilder, auch keine von der jugendlichen Annika.

Für eine Frau von Mitte zwanzig war das ungewöhnlich, um nicht zu sagen: verdächtig.

Schon halb acht. Daniel stellte die Musik leiser. Er achtete penibel darauf, seinen Nachbarn nicht aufzufallen, weder negativ noch positiv. Aufmerksamkeit war das Letzte, was er brauchte.

Als er sich einen neuen Espresso brühte, spielte sein Handy ein kurzes Blues-Riff.

> **Twitter**
> @RabbiArt
> *Ein Held, ganz allein*
> *Niemand macht ihm Abend-*
> *brot*
> *Keine Frau in Sicht*
> *#Haiku, #Kobra*

Daniel merkte erst jetzt, unter welcher Anspannung er gestanden hatte. Endlich konnte er wieder richtig durchatmen, nachdem Hermann ihm durch die Blume gesagt hatte, dass Annika tatsächlich unschuldig war.

Zumindest was eine Zusammenarbeit mit *Il Serpente* betraf. Verdächtig verhielt sie sich dennoch.

Gleich darauf kündigte das Blues-Riff einen Kommentar zu Hermanns Haiku an:

**Twitter**
@Achtsamen
*Wie sexistisch ist das denn???*
*Kannst du dir nicht mal selbst Abendbrot*
*machen, du unfähiger Machoarsch???*
*#Haiku, #Sexismus, #Idioten*

Die Antwort ließ nicht lange auf sich warten.

**Twitter**
@RabbiArt
*Eine Heldin, ganz allein*
*Niemand macht ihr Abendbrot*
*Nein, kein Mann in Sicht*
*#Haiku, #politischkorrekt*

Und kurz darauf:

**Twitter**
@RabbiArt
*Dichter, angepisst*
*Bigotte Idioten*
*Fickt euch doch ins Knie*
*#Haiku, #FickdichinsKnie,*
*#Idioten*

Daniel lachte lauthals, während das Blues-Riff ohne Pause ertönte; zweifellos, weil weitere Kommentare Twitter überfluteten. Er stellte sein Handy leise.

Alles, was zählte, war, dass Annika nichts mit *Il Serpente* zu tun hatte. Denn das bedeutete, dass Daniel in Köln bleiben konnte. Und sich zusammen mit dieser seltsamen Frau auf die Suche nach dem dicken Dackel machen würde. Ohne Angst zu haben, dass sie ihn umbrachte, sobald er ihr den Rücken zuwandte.

Plötzlich wurde ihm klar, dass es ihm überhaupt nicht in den Sinn gekommen war, die Dackelsache *nicht* durchzuziehen. Ja, diese Annika konnte anstrengend sein, aber sie war auch faszinierend. Ungefähr so wie eine Spinne mit zehn Beinen. Und: Sie wollte ebenso wenig mit der Polizei zu tun haben wie er. Außerdem, und das erstaunte ihn selbst, hatte er seit Jahren nicht mehr so viel Spaß gehabt wie heute. Er würde sie also morgen treffen, und dann würden sie diesen neurotischen Hund suchen.

Daniel beschloss, sich zur Feier des Tages ein Gläschen Remy Martin Louis XIII zu gönnen. Kurz darauf saß er auf seinem Sofa, den Duft des alten Cognacs in der Nase, die Augen geschlossen. Vor seinem inneren Auge sah er Annika, wie sie vor diesem Club am Kölnberg stand.

Daniel öffnete die Augen. Eine Sache gab es noch, die er überprüfen konnte. Er ging zurück zu seinem Laptop.

# Tag 2

*Ein ausschweifender Apotheker mit Parmesanreibe*

## 21. Annika

Annika kniff die Augen vor der Sonne zusammen, lehnte sich auf ihrem Rattanstuhl vor dem Cafè mit dem treffenden Namen »Kaffee & Kuchen« zurück und sah sich um.

Erst hatte sie kaum die Augen aufbekommen, weil sie die halbe Nacht am Drehbuch geschrieben hatte. Doch dann hatten die Hummeln in ihrem Bauch sie ohne Frühstück hinausgetrieben, hierher, zum Schälplatz.

Zehn nach zehn. Von Daniel war nichts zu sehen.

Die Kellnerin brachte ihr einen doppelten Espresso und ein Mettbrötchen. »Na, bist du auch hier, um dir die Bank anzusehen?«

»Die Bank?«

Die Frau lachte. »Nur Spaß. Wär aber schön, wenn wir mehr Kundschaft bekommen würden nach dem Banküberfall. So Katastrophentouristen, verstehste?«

»Banküberfall?«

»Na, gestern Morgen. Warte …« Sie brachte Annika eine Zeitung vom Nebentisch, die der letzte Gast dort hatte liegen lassen.

Annika bedankte sich, biss in ihr Mettbrötchen und begann zu lesen.

Doch bevor sie sich der Titelgeschichte widmen konnte, fiel ihr Blick auf ein Foto unten in der Ecke. Das war doch dieser Regisseur! Offenbar hatte er gestern im weiteren Verlauf der TV-Sendung männlichen *Star-Wars*-Fans peinliche Fantasien unterstellt, und jetzt hatte er einen üblen Shitstorm am Hals.

Annika gelang es nicht, Mitleid für Ey zu empfinden. Sie nahm sich die Titelgeschichte vor.

## THÜNNBANK AM SCHÄLPLATZ AUSGERAUBT!

Ein bislang unbekannter Täter hat den Trubel während des ersten Kölner Cut-ins auf dem Schälplatz für einen Banküberfall genutzt.

Erbeutet wurden gut zweihunderttausend Euro, der Großteil war kurz zuvor von einem lokalen Gastronomiebetrieb eingezahlt worden. Die Bankangestellte, die von dem Bankräuber bedroht wurde, wird zurzeit in einem nahe gelegenen Krankenhaus behandelt und ist noch nicht vernehmungsfähig. Daher liegt den Behörden auch noch keine genaue Täterbeschreibung vor. Die Aufnahmen der Sicherheitskameras werden jedoch bereits ausgewertet.

Um neun Uhr hatte das erste Kölner Cut-in gerade begonnen, als ...

»Guten Morgen.«

Annika schrak hoch und blinzelte gegen das Licht. Er war also wirklich gekommen!

Die Sonne versah Daniels Haar mit einem Heiligenschein und ließ sein edles Seidensakko glänzen.

*Jetzt reiß dich mal zusammen, und starr ihn nicht so an!*, stöhnte ihre innere Stimme.

»Ja, also«, sagte Annika. »Äh, setz dich.«

*Was sind wir doch eloquent heute Morgen!*

Annika hielt Daniel die Titelseite der Zeitung vors Gesicht. »Wusstest du, dass hier gestern Morgen die Bank ausgeraubt worden ist? Zur selben Zeit, als *Darth Vader* verschwunden ist?«

Daniel lächelte. »Und du meinst, der Dackel hat die

Bank überfallen und ist dann mit der Beute untergetaucht?«

»Genau. Jetzt müssen wir nur noch abwarten, bis irgendwo riesige Mengen von Teewurst aufgekauft werden, dann haben wir ihn.«

Sie lachten, dann vertiefte Daniel sich in den Artikel, und Annika konnte ihn in aller Ruhe betrachten. Erstaunlich, wie entspannt er plötzlich war.

*Ja*, meinte ihre innere Stimme, *ist schon verblüffend, wie sehr es einen beruhigen kann, wenn man nicht mehr annimmt, dass der andere einen umbringen will.*

Das war auch so eine Sache, nach der Annika ihn fragen würde, sobald sie sich etwas nähergekommen waren. Neben der Sache mit den gefärbten Haaren. Und warum er das mit den Fahrkarten gewusst hatte. Und woher er kam. Als Erstes sollten sie aber endlich ihre Handynummern austauschen.

Erstaunlicherweise ging Daniel diesmal darauf ein. Dann planten sie ihre Suche.

»Wir sollten in den Geschäften am Platz nach dem Dackel fragen«, meinte Daniel. »Auch wenn in dem Gewimmel beim Cut-in vermutlich niemand auf einen Hund geachtet hat. Aber vielleicht haben wir ja Glück.«

Annika sah sich um. Ein Friseurladen, eine Kneipe, eine Bäckerei, ein Billigladen, eine Apotheke, ein Juwelier …

»Ich finde, wir sollten uns aufteilen«, sagte sie. »Ich fange mit dem Friseur an.«

Daniel grinste.

»Nicht, weil ich eine Frau bin … Also, klar bin ich eine Frau, aber nicht so eine … Also, eine, die ständig zum Friseur rennt.«

Daniel musterte ihre Locken. »Hätte ich auch nicht vermutet.«

Annika verdrehte die Augen. »Vielleicht arbeitet da ja jemand, der gestern auch auf dem Platz war. Dann könnte ihm der Dackel aufgefallen sein. Außerdem reden Friseure gern.«

»Genau wie Juweliere«, sagte Daniel.

Annika sah ihn überrascht an. »Hab ich noch nie gehört. Wie kommst du darauf? Hast du oft mit Juwelieren zu tun?«

Daniel rutschte auf seinem Stuhl hin und her. »Nein, nein. Aber gibt es da nicht so eine Redensart? Egal, ich fange bei dem Juwelier an.«

Annika verkniff sich ein Lachen, weil Daniel sich offensichtlich unbehaglich fühlte. Aber ihre innere Stimme zeigte keinerlei Zurückhaltung: *Klar, wer kennt sie nicht, die Redensart mit dem geschwätzigen Goldschmied. Ist das nicht dieselbe, in der auch der ausschweifende Apotheker vorkommt? Ebenso wie die mitteilsame Mechatronikerin und der redselige Raumausstatter?*

Annika stand auf. »Okay. Ich geh dann mal zum Friseur.«

Sie rannte förmlich über den Platz. So konnte Daniel nicht hören, wie sie losprustete, als ihre innere Stimme hinzufügte: *Den wortreichen Wirt, den klatschsüchtigen Kellner und die schwatzhafte Schornsteinfegerin nicht zu vergessen.*


# 22. Annika

*… und den fabulierenden Friseur …*

Annika verschloss ihre inneren Ohren und lächelte den jungen, top gestylten Friseur an. »Guten Morgen. Ich …«

»Sag nichts!«, rief er. »Du brauchst einen anständigen Schnitt«, er griff in ihre Locken, »für *das da.* Eine gute Entscheidung, Liebchen.«

»Heute bin ich nur hier, weil ich eine Frage habe«, sagte Annika.

Der Friseur sah sie an, als hätte sie ihm mitgeteilt, dass sie soeben seinen Hund überfahren hatte.

»Aber ich komme bald zum Schneiden, versprochen«, fügte sie hastig hinzu. »Apropos Hund, ich hätte da mal eine Frage.«

»Hund?«

»Haben Sie nicht gerade …? Egal.«

»Was willst du denn wissen, Liebchen?«

»Warst du gestern eigentlich auch da draußen beim Cut-in?«

»Na, das ist doch Ehrensache! All die Menschen mit ihren unmöglichen Haaren, denen muss man doch helfen!«

»Hast du da auch was von dem Banküberfall mitbekommen?«, fragte Annika aus reiner Neugierde.

Er schüttelte den Kopf, ohne dass seine festgegelten Haare sich auch nur einen Zentimeter bewegten. »Nein. Aber das hat keiner, glaube ich. War ja wahnsinnig viel los auf dem Platz.«

»Ist dir denn gestern vielleicht ein Dackel aufgefallen?«, fragte Annika. »Meine Freundin war auch beim Cut-in, und in dem Chaos hat er sich wohl losgerissen und ist weggelaufen.«

»Du, tut mir leid, aber an einen Dackel kann ich mich nicht erinnern. Da solltest du besser den Heini fragen. Der wohnt ja quasi auf dem Schälplatz. Der kriegt alles mit, was hier passiert.«

»Und wo finde ich den Heini?«

»Um diese Zeit durchsucht er immer die Mülleimer nach Pfandflaschen von der letzten Nacht.«

# 23. Annika

Annika drückte die Nase an das Schaufenster des Juwelierladens. Warum brauchte Daniel denn so lange?

Als er endlich die Tür öffnete, sprudelte es aus ihr heraus: »Na endlich! Ich weiß, wen wir befragen müssen.«

»Heini.«

»… Heini. – Moment mal, woher weißt *du* das denn?«

*Allmählich glaube ich auch, dass der Typ hellsehen kann.* Annikas innere Stimme klang beeindruckt. *Erst die Fahrkarten, und jetzt das!*

*Witzig*, erwiderte Annika.

»Der Juwelier, Herr Schmidt – übrigens ein ausgezeichneter Uhrenexperte –, hat mich naserümpfend darauf hingewiesen, dass Heini die beste Informationsquelle am Platz sei.« Daniel sah sich um. »Das da hinten sollte er sein. Jetzt ist wohl seine bevorzugte Zeit, um Flaschen zu sammeln.« Er ging los.

»Weiß ich auch alles«, teilte Annika seinem Rücken mit. »Weiß doch jeder.«

Heini sah aus wie der typische Obdachlose, mit seinen bunten Kleidungsschichten, dem Einkaufswagen voller

Plastiktüten und dem Schmutz, der sich in die Falten seines hageren Gesichts gegraben hatte.

Was so gar nicht zum üblichen Bild passte, war seine Frisur. Sein mittelblondes Haar schmiegte sich weich und für mehr Volumen raffiniert toupiert um seinen Kopf, um auf Kinnhöhe in einer neckischen Außenwelle zu enden.

Daniel erreichte ihn als Erster, und das Unheil nahm seinen Lauf.

*AUSSEN. MÜLLEIMER AM SCHÄLPLATZ – TAG*

*ANNIKA und DANIEL stehen vor dem Mülleimer, HEINI sucht darin nach Flaschen.*

DANIEL

(*räuspert sich*) Guten Tag, Herr Heini. Dürften wir Sie kurz wegen einer Auskunft bezüglich des gestrigen Morgens behelligen? Sie wurden uns mehrfach als ausgezeichnete Informationsquelle genannt.

HEINI

(*sieht DANIEL grimmig an*) Watt willst *du* denn, du Tünnes? Willste mich verarschen?!

*HEINI hebt drohend eine Bierflasche in Daniels Richtung. ANNIKA geht dazwischen und nimmt sie ihm blitzschnell ab. DANIEL sieht sie erstaunt an.*

ANNIKA

Sorry, Heini, mein … Freund wollte dich nicht beleidigen.

(*mit einem bösen Blick zu DANIEL*) Er ist nicht von hier. Was er meint, ist: Wir haben überall rumgefragt, und jeder hat gesagt: »Wenn ihr wissen wollt, was hier so los ist, dann müsst ihr den Heini fragen. Der weiß alles!«

### HEINI

(*geschmeichelt*) So isset. Watt willste denn wissen, Mädchen?

### DANIEL

(*verständnislos*) Genau das habe ich doch gesagt!

### HEINI

Du hast jetzt Sendepause, du Peffernas!

### DANIEL

Einen Moment mal! So können Sie nicht mit mir reden! (*zu ANNIKA*) Peffernas?

### ANNIKA

(*leise zu DANIEL*) So nennt man hier einen hochnäsigen Pinkel. Und jetzt lass mich das machen, sonst wird das nichts!
(*zu HEINI*) Gestern morgen ist einer Freundin von uns hier auf dem Schälplatz ihr Dackel weggelaufen. Und jetzt suchen wir überall nach ihm. Ich habe hier ein Foto …

### HEINI

Lass mal stecken, Mädchen. Ich …

### DANIEL

(*baut sich vor ihm auf*) Die Dame hat ausgesprochen freundlich gefragt, da hat sie doch zumindest eine höfliche Antwort verdient, oder?

## ANNIKA

Daniel, du hältst dich da jetzt bitte raus! Heini und ich klären das schon.

## HEINI

(*wirft eine Bierflasche in seinen Einkaufswagen und geht los*) Das hab ich echt nicht nötig, mich von so 'nem Blödschkopp anmachen zu lassen! Klärt ihr das mal schön alleine.

*ANNIKA folgt ihm, stellt sich ihm in den Weg und hält ihm das Foto des Dackels vor die Nase, zusammen mit einem Zehneuroschein.*

## ANNIKA

Ich entschuldige mich für meinen Freund. Aber ich bin wirklich auf deine Hilfe angewiesen.

*HEINI betrachtet den Geldschein, dann nimmt er ihn gnädig entgegen.*

## HEINI

Na gut. Weil du et bist. Aber das Foto brauch ich nicht, hab ich ja schon gesagt. Hier gab's gestern Morgen nämlich nur *einen* Dackel.
(*Er deutet auf das Foto*) Genau der da war's. Dick, strähniges Fell.
(HEINI schüttelt sich. Das fluffige Haar weht um seinen Kopf wie in einer Shampoowerbung.) Und kläffen konnte der, da fällt dir nix mehr zu ein!

## ANNIKA

Weißt du zufällig noch, wo er hingelaufen ist?

## HEINI

Na, da hinten, an der Bank vorbei in die Dirk-Bach-Straße. Keine Ahnung, warum der so verrückt nach diesem Arzttyp war, aber er ist wild bellend hinter dem hergerannt.

## DANIEL

(*aus der Entfernung*) Ein Arzt? Sind Sie da sicher, Herr Heini?

## HEINI

Ich geb dir gleich Herr Heini!
(*zu ANNIKA*) Also, Mädchen, wenn du mich fragst, den Typen würd ich ganz schnell abservieren.

## ANNIKA

(grinst und gibt ihm noch einen Zehner) Erzähl mir von dem Arzt.

## HEINI

Na, so 'n ganz normaler Arzt eben. Weißer Kittel, so 'n Abhördings um den Hals. Normal groß, würd ich sagen, graue Haare. Und rennen konnte der! Aber ich glaub, der dicke Dackel hat ihn trotzdem gekriegt. Der war ja wie besessen!

## ANNIKA

Danke dir, Heini. Du hast mir sehr geholfen. – Echt schöne Haare übrigens.

*HEINI wirft sich noch mal in Pose und verschwindet dann mit wehendem Haar.*

Daniel wollte etwas sagen, aber Annika war schneller.

»Toll gemacht! Zwanzig Euro, nur weil du so … so … Das hätten wir wirklich billiger haben können! Was sollte denn dieser hochtrabende ›Herr Heini‹-Quatsch? Bist du in einem Schloss aufgewachsen, oder was?«

Daniel wirkte … Ja, das richtige Wort lautete: ertappt. *Das würde doch einiges erklären,* warf ihre innere Stimme ein. *Er ist eigentlich ein verkappter Prinz, und du bist das Mädchen aus der Gosse, das sein Herz …*

*Aus der Gosse?!*

Natürlich war er kein Prinz. Das passte auch gar nicht zu Annikas Drehbuch.

»Ist es in Köln nicht erlaubt, höflich zu sein?« Jetzt wurde Daniel zum ersten Mal, seit sie ihn kannte, laut. »Jemandem mit Respekt zu begegnen?«

Da musste Annika lachen. »Wenn du es so ausdrücken willst, da ist schon was dran. Übertriebene Höflichkeit und Förmlichkeit fasst man in Köln schnell als Ironie auf und reagiert entsprechend sauer. – Sag mal, wo kommst du eigentlich her? Aus Köln jedenfalls nicht, das steht fest.«

»Danke für die Belehrung, ich habe es verstanden«, sagte Daniel, ohne Annikas Frage zu beantworten. »Ich werde versuchen, in Zukunft unhöflicher zu sein.«

»Weniger förmlich wäre schon ein Fortschritt.« Sie gluckste. »Und sprich nie wieder jemanden mit ›Herr Heini‹ oder ›Frau Susi‹ oder so an, wenn dir dein Leben lieb ist.«

Zuerst sah es aus, als wollte Daniel eine schroffe Antwort geben. Doch dann überlegte er es sich offenbar anders. »Nun, solange du mich vor perfekt frisierten Obdachlosen mit Bierflaschen beschützt, habe ich wohl nichts zu befürchten, oder?«

»Keine Angst, ich passe auf dich auf.«

Daniel deutete zu dem Café auf dem Platz hinüber.

»Wie wäre es mit einem Apéro, bevor wir weitermachen?«

Aperol? War es dafür nicht etwas früh? Annika sah auf ihre Uhr. Zehn nach elf. Also fast Mittag. »Okay, ich bin dabei. Aber statt des Aperols hätte ich lieber einen Hugo. Und du bezahlst. – Keine Diskussion!«, fügte sie hinzu, als sie seine verwirrte Miene sah. »Denk an die zwanzig Euro für Herrn Heini.«

Sie fanden erneut einen Tisch in der Sonne und bestellten.

»Ich muss mal kurz aufs … du weißt schon«, sagte Annika.

*Ach, reden wir jetzt auch schon so geschwollen? Der Prinz ist ansteckend, was?*

# 24. Kevin

Soraya hatte sich deutlich ausgedrückt: Der Dackel musste weg. Wenn Kevin ihn nicht loswerden konnte, indem er ihn aussetzte, dann …

An dieses »dann« wollte Kevin nicht einmal denken. Auch wenn er einsah, dass Sonderbergh sie beide in Gefahr brachte (was aber nicht seine, sondern allein Kevins Schuld war). Bislang hatte die Polizei offenbar noch keine Spur von dem Bankräuber, aber es war nur eine Frage der Zeit, bis jemand ihnen gegenüber den Dackel erwähnen würde.

Die Straßenbahn ruckelte, als sie die Brücke über den Rhein überquerten. Sonderbergh sah zu Kevin hoch. »Mit treuen Hundeaugen«, so hätte es wohl in einem Arztroman gestanden. Aber das Leben war leider kein Arztroman.

»Wir sind bald da«, murmelte Kevin. Der Hund knurrte unwirsch.

In Refrath stiegen sie aus. »Komm, ich zeig dir den Königsforst.« Kevin löste Sonderberghs Leine und ging vor. Während der Dackel freudig hechelnd den Wald erkundete, redete Kevin vor sich hin. »Du hast ja eine Hundemarke. Also kommst du auf jeden Fall wieder nach Hause, sobald dich jemand findet.«

Der Dackel flüchtete vor einem vorbeihuschenden Eichhörnchen und versteckte sich hinter Kevin.

Kevin seufzte. Würde dieser Hund überhaupt lange genug durchhalten, bis ihn jemand fand? Der Dackel lugte hinter Kevins Beinen hervor, dann lief er wieder voraus und sprang über einen umgestürzten Baum.

»Sonderbergh, hast du eigentlich auch manchmal ein schlechtes Gewissen?«, sagte Kevin, mehr zu sich als zu dem Hund. »Und wenn ja, was tust du dann?« Er erreichte den Baumstamm und spähte dahinter. Dort hockte der Dackel und wollte gerade sein Geschäft verrichten. Kevin zog sich leise zurück. Auch ein Hund hatte ein Recht auf Privatsphäre.

Nach einer Weile schloss Sonderbergh wieder zu Kevin auf. Der nickte ihm zu. »Ja, ich werde mal auf dem Klo darüber nachdenken. Da hab ich auch die besten Einfälle.«

Sie streiften weiter durch die Natur. Wenn es nach Kevin gegangen wäre, hätten sie bis in alle Ewigkeit hier im Wald bleiben können. Aber das war unmöglich. *Zumindest werde ich ihn in einer schönen Umgebung aussetzen*, dachte Kevin.

Dasselbe hatte sich vermutlich auch der Vater von Hänsel und Gretel eingeredet, als er sie im Wald ihrem Schicksal überließ. So waren sie leichte Beute für die Hexe gewesen … Kevin versuchte den Film anzuhalten, der sich plötzlich vor seinem inneren Auge abspielte. Vergeblich.

*Sonderbergh, der fröhlich durch den Wald läuft.*
*Ein Hundefänger, der hexenhaft lächelt und den Dackel statt mit Lebkuchen mit einem Stück Teewurst lockt.*
*Nahaufnahme des Hundes, wie er dem Tierfänger in einen fensterlosen Kastenwagen folgt.*
*Der verschlagen lachende Hundefänger, der – wie ein Rückblick zeigt – für einen skrupellosen Restaurantbetreiber arbeitet. Oder der für die verfetteten Hunde einiger Superreicher Transplantationsorgane beschafft.*
*Und im Gegensatz zu Hänsel hat Sonderbergh keine Gretel, die ihm hilft. Er ist ganz allein.*

Kevin stieß einen Laut des Entsetzens aus.

Der Hund sah zu ihm hoch, diesmal wirklich mit treuen Hundeaugen, und da fasste Kevin einen kühnen Entschluss: Er würde Sonderbergh behalten. Ganz egal, wie riskant das war: Er hatte den Dackel in diese Lage gebracht, da konnte er dem armen Tier nicht die Konsequenzen dafür aufbürden.

Außerdem gewann Kevin immer mehr den Eindruck, dass sie verwandte Seelen waren. Sie beide liebten Teewurst, waren auf dem Klo gern unbeobachtet – und sie beide hatten eine Schwäche für Soraya. Wenngleich die sich unterschiedlich äußerte.

Und eine verwandte Seele setzte man unter gar keinen Umständen mutterseelenallein im Wald aus, wo unaussprechliche Gefahren lauerten.

Wie er das Soraya beibringen sollte, darüber würde Kevin später nachdenken. Er machte sich auf den Rückweg zur Straßenbahnhaltestelle. Sonderbergh folgte ihm bei Fuß.

# 25. Darth Vader

Wursthose und ich fahren in einer Blechschlange bis zu einem Wald. Er redet unverständliches Zeug wie »Duhassjanehunndemahke«.

Ich spiele Verstecken mit einer Baumratte. Dann gehe ich hinter einen Baum und hocke mich hin. Aber Wursthose beobachtet mich, darum kann ich nicht.

Ich bin froh, als Wursthose umdreht, weil ich mich ziemlich dringend bald hinhocken muss.

Am besten unter dem Sofa in Wursthoses Menschenhütte. Da sieht mich keiner.

# 26. Daniel

Daniel nippte vorsichtig an seinem Aperol.

Er mochte dieses Getränk nicht, aber er hatte seinen Schnitzer mit dem »Aperó« wiedergutmachen müssen, bevor Annika Verdacht schöpfen konnte, dass er einen Imbiss mit Aperitif gemeint hatte. Denn dann wüsste sie auch, dass er aus der Schweiz kam.

Und jede Information, die jemand über ihn hatte, bedeutete ein Risiko. Solange alle nur seinen falschen Namen kannten und niemand ein Foto von ihm online stellte, war die Gefahr durch *Il Serpentes* Schergen überschaubar.

Apropos Foto: Am Abend zuvor hatte Daniel noch einmal nach Fotos von Annika gesucht, diesmal in Verbindung mit dem »Ocean Club«. Und auf der Facebook-

Seite eines Jugendlichen war er tatsächlich fündig geworden. Das recht verschwommene Foto zeigte Annika mit mehreren Jugendlichen. Einer reckte etwas in die Luft, das wie ein Plüschhai aussah. Daniel hatte daraufhin nach Gangs mit »Sharks« oder »Haie« im Namen gesucht, aber das hatte nichts gebracht.

Während er vor dem Café saß und darauf wartete, dass Annika zurückkam, fielen ihm plötzlich die »Haie« ein, das Kölner Eishockey-Team. Vielleicht drehte sich das Geschehen in diesem »Ocean Club« um Eishockey?

Gestern noch hätte er eine so harmlose Erklärung verworfen. Aber gestern hatte er ja auch noch geglaubt, Annika könnte von *Il Serpente* geschickt worden sein.

Während ihm die Sonne ins Gesicht schien und er sich so wohlfühlte wie seit langer Zeit nicht mehr, kam ihm eine verrückte Idee: Er könnte sie doch einfach fragen, was es mit dem Club auf sich hatte!

Wenn er ehrlich war, wollte er sie nicht nur das fragen. Sondern zum Beispiel auch, woher ihre Nahkampferfahrung stammte. Als sie Heini die Bierflasche abgenommen hatte, war das für jeden, der sich damit auskannte, offensichtlich gewesen. Das Problem war nur: Sobald er persönliche Dinge ansprach, würde sie mit Recht erwarten, dass er seinerseits einige Fragen beantwortete. Aber selbst auf scheinbar harmlose Fragen wie die nach seiner Herkunft oder seinem Beruf konnte er nur mit einer Lüge reagieren.

Seit er auf der Flucht war, log er ständig. Aber Annika … Er wollte sie nicht belügen, wenn es sich vermeiden ließ.

Annikas Handy brummte und rutschte über die Tischplatte. Daniel fing es auf, bevor es herunterfallen konnte. Er wollte die Nachricht gar nicht lesen, aber …

Vorsichtig, als wäre es eine Bombe, legte Daniel das Handy zurück. Sein Hochgefühl war verflogen. Konnte es für eine solche Nachricht eine harmlose Erklärung geben? Es musste einfach eine geben!

Doch ihm fiel keine ein.

Hermann. Hermann kannte alle Wege, wie man etwas über jemanden herausbekam, der das zu verhindern versuchte. Hermann würde ihm sagen können, ob diese Frau nun eine Gefahr für ihn darstellte oder nicht.

# 27. Annika

Annika kam zurück und nahm einen großen Schluck von ihrem Hugo.

»Also, mir macht das Detektivspielen richtig Spaß«, verkündete sie. »Sollen wir gleich zur Bank gehen, um nach dem Dackel zu fragen? Vielleicht als falsche Versicherungsdetektive, das wäre lustig!«

Daniel starrte vor sich hin. Von seinem Aperol hatte er bisher höchstens genippt.

»Daniel?«

Er hob langsam den Blick, und Annikas Hochgefühl verflog. Er sah aus, als hätte er einen Geist gesehen. Genau da, wo Annika saß.

Er räusperte sich, sah sie aber nicht an. »Lass uns für heute Schluss machen. Ich muss noch was erledigen.«

»Ja … Na gut, wenn du meinst.«

Daniel legte einen Schein auf den Tisch und stand auf.

»Bis morgen dann?«, fragte Annika.

»Ich rufe dich an«, erwiderte er und ging.

*Versteh einer die Männer!* Annikas innere Stimme klang verzagt.

*Versteh einer* diesen *Mann*, gab Annika kopfschüttelnd zurück.

Ihr Handy klingelte. Einen Moment hoffte sie, es wäre Daniel. Dann erkannte sie die Stimme von Jojo. »Du, Annika, hast du etwas Zeit für mich?«

»Sorry, Jojo, ich hätte dir längst Bescheid geben sollen, was wir wegen *Darcy* bisher unternommen haben. Also: Wir haben sein Suchprofil auf allen Online-Portalen eingestellt, die Tierheime sind informiert, und …«

»Das ist super! Aber nein, deshalb rufe ich nicht an.« Jojo druckste herum, dann sagte sie: »Ich könnte deine Hilfe brauchen. Können wir uns treffen? Bitte?«

Annika sah auf die Uhr ihres Handys. Halb zwölf.

»Um drei muss ich in Meschenich sein«, murmelte sie, »bis dahin will ich noch die neuen Szenen überarbeiten und an den Produzenten schicken …«

»Perfekt!«, rief Jojo überschwänglich. »Dann treffen wir uns in der Bahn. Um wie viel Uhr fährst du?«

Und ehe Annika sichs versah, hatte sie sich mit Jojo verabredet.

Es war offensichtlich, dass Jojo jemanden zum Reden brauchte. Zwischen Atze und ihr lief es seit *Darth Vaders* Verschwinden gar nicht gut.

Jojo stieg erst zwei Haltestellen vor Annikas Ziel zu, und als sie ankamen, war sie noch lange nicht fertig mit ihren Klagen. Annika erklärte ihr kurz, was der *Ocean Club* war und was sie dort tat. Aber statt sie damit loszuwerden …

»Das wollte ich schon immer mal ausprobieren!«, rief Jojo entzückt.

»Es ist aber eine sehr spezielle Gruppe«, meinte Annika. »Jugendliche Straftäter, Kinder, die noch nicht strafmündig sind, aber schon einiges auf dem Kerbholz haben.«

Jojo öffnete ihre falsche Gucci-Tasche, holte ein Paket Kandis heraus und schwenkte es bedrohlich. »Soll nur einer versuchen, mir zu nahe zu kommen«, sagte sie, »der kann was erleben!«

Nachdem sie Annika auch noch ihre Parmesanreibe gezeigt hatte – »Schürfwunden tun höllisch weh« –, fiel Annika kein Grund mehr ein, warum Jojo sie nicht begleiten sollte.

Vorm Club warteten schon einige Jugendliche. »Sissy, Billy, PJ, Malik, Serra – Jojo«, stellte Annika vor. »Und du bist David?«

Der Junge in der Nietenjacke lächelte gewinnend. »Mein Ruf eilt mir voraus, krass.«

Annika lächelte ebenfalls. »Mal sehen, ob du dir auch einen Ruf als Häkel-King aufbauen kannst.«

»Kannste vergessen, der Häkel-King bin ich!« PJ reckte ein niedliches Häkel-Meerschwein in die Höhe.

»Wie süß! Darf ich es anfassen?«, fragte Serra.

»Wenn du saubere Finger hast.«

Serra zeigte ihre Finger vor und bekam das Meerschwein.

»Du weißt aber schon«, spottete Sissy, »dass wir eine Unterwasserlandschaft häkeln? Und dass Meerschweine nicht im Meer leben?«

PJ baute sich drohend vor ihr auf. »Meine kleine Schwester liebt Meerschweinchen. Was dagegen, Bitch?«

Bevor Annika eingreifen konnte, hatte Jojo bereits ihre Parmesanreibe gezückt und stellte sich zwischen die Streithähne. »Hey! Ich bin hier, um häkeln zu lernen, nicht, um mir euer Imponiergehabe anzugucken, klar?«

»Hier geht's ja übelst ab«, meinte David beeindruckt, und das löste allgemeines Gelächter aus.

Kurz darauf kamen auch Maria und Sergej. Die Gruppe war vollzählig und begab sich in den Clubraum.

»Wow!«, rief Jojo aus, als sie die hintere Wand sah.

»Alles selbst gemacht«, meinte der kleine Malik stolz. »Erst haben wir die Wand blau angemalt …«

»… und dann den Rahmen gebaut und bemalt«, warf Sergej ein.

»Unten auf dem Rahmen die Korallen und so, die sind total einfach, die kannst du auch«, meinte Billy aufmunternd zu Jojo. »Die Quallen und Haie und Mantas, die sind was für Profis. Da lässt du besser erst mal die Finger von.«

Annika grinste in sich hinein. »Okay, setzt euch bitte alle hin!«

Sie nickte PJ zu, der am längsten dabei war. Er ließ sich auf den Stuhl neben David fallen und hielt eine Häkelnadel hoch. »Also, David«, meinte er ernst. »Das ist eine Häkelnadel Stärke 4.«

»Coole Waffe.« David grinste, aber PJ verzog keine Miene. »Klar, kannste jemand ein Loch mit ins Bein stechen. Dann kriegste allerdings mega Ärger mit uns. Oder du häkelst 'ne nice Nixe, dann kannste dir Respekt verdienen. Du hast die Wahl.«

Er deutete auf die Meerjungfrau mit den Zöpfen und dem Glitzerstein im Bauchnabel, die sich auf dem unteren Rahmen der Unterwasserwelt an der Wand räkelte und verführerisch lächelte.

David nahm PJ die Nadel ab. »Okay, Alter, bin dabei.« Er sah sich im Raum um und runzelte die Stirn. »Aber brauch ich dafür nicht auch irgend 'nen Faden?«

Als alle mit Nadeln, Wolle und Anleitungen versorgt waren, fragte Annika wie jedes Mal in die Runde: »Und, wer möchte heute etwas besprechen?«

Jojo, die sich unter Billys Anleitung mit den ersten Runden für eine Seegurke abmühte, beugte sich zu Annika. »Du weißt ja, ich wollte mit dir wegen Atze reden. Ich komme da einfach nicht weiter.«

»Dein Alter?«, fragte Billy. Und dann entspann sich eine Diskussion, bei der Annika Dinge über ihre Jugendlichen lernte, von denen sie bislang nicht einmal etwas geahnt hatte.

*INNEN. RAUM DER HÄKELGRUPPE IM OCEAN CLUB – TAG*

JOJO

Genau, mein Alter. *(sie sah sich zweifelnd um, dann gab sie sich einen Ruck)*
Also, er ist ein toller Mann, aber ... er verdient sein Geld, wie soll ich sagen ...

SISSY

Drogen? Waffen? Prostitution?

JOJO

Nein, um Gottes willen! Aber ganz legal ist das nicht, was er macht.

PJ

*(nickt verstehend)* Er vertickt gefälschte Ausweise, gestohlene Sachen, so was?

JOJO

Genau!

MALIK

*(verwundert)* Und du findest das scheiße?

JOJO

Allerdings! Ich hab ständig Angst, dass er in den Knast kommt. Und was wird dann aus mir?

*SISSY grinst und will etwas antworten, aber DAVID ist schneller.*

## DAVID

Ich nehm mal an, du machst deinem Alten deswegen Vorwürfe.

*JOJO nickt.*

## DAVID

Aber hast du ihm auch schon mal gesagt, wie du dich wegen dieser Sache fühlst? Dass du Angst hast?

## JOJO

(*überrascht*) Also ... ganz ehrlich ... nein, so hab ich das noch nie ...

*Alle Jugendlichen nicken wissend.*

## MARIA

Dann versuch's mal mit der Wahrheit. Kann manchmal ganz hilfreich sein.
(*zu BILLY*) Und du nimm deine Fettfinger von meinem Hammerhai, *porco dio*, sonst werd ich echt sauer!
(*zu JOJO*) Ungefähr so.

Jojo bedankte sich und ließ sich von Billy erklären, wie man den Rand der Seegurke häkelte.

Annika war sprachlos. Seit fast zwei Jahren leitete sie diese Häkelgruppe, mit der sie die Jugendlichen von den Gangs fernhalten wollte. Sie bemühte sich, ihnen Alternativen aufzuzeigen und ihnen das eine oder andere über den gewaltfreien Umgang mit Konflikten beizubringen. Doch bis jetzt war ihr nicht klar gewesen, wie viel Wissen und Fähigkeiten sie schon besaßen.

Annika war wahnsinnig stolz auf ihre Kids. Und fast wäre sie damit auch herausgeplatzt. Doch dann fiel ihr eine bessere Möglichkeit ein, ihnen ihren Respekt zu zeigen.

»Sagt mal, Leute, wenn wir schon dabei sind: Ich könnte auch eure Hilfe brauchen. Wo würdet ihr anfangen, wenn ihr einen verschwundenen Hund suchen müsstet?«

»Ja, mein Hund!«, rief Jojo.

»Echt jetzt?«, fragte PJ.

Jojo nickte. »Mein *Darcy*.«

»Wo ist er denn zuletzt gesehen worden?«, fragte PJ. »Und was sind die Orte, an denen er sich am liebsten aufhält?«

»Welche unveränderlichen Merkmale hat er?«, wollte Billy wissen.

Annika wusste nicht, ob sie lachen oder weinen sollte. Es war nicht zu übersehen, dass ihre Kids mit polizeilichen Befragungen vertraut waren. Ebenso offensichtlich war aber, dass sie aufblühten, weil endlich einmal ihre ureigensten Kompetenzen gefragt waren.

Als die Flut hilfreicher Fragen verebbte, beschloss Annika übermütig, eine weitere Frage zu stellen, auf die sie bislang keine Antwort hatte finden können.

»Weiß zufällig auch noch einer von euch, wer Ilse Pente ist?«

»*Il Serpente*?«, fragte Maria. »So wie ›die Schlange‹?«

# Tag 3

*ABBA und die Organhändler*

# 28. Kevin

Kevin hörte, wie Soraya die Wohnungstür aufschloss. »Es brennt nicht!«, rief er vom Herd aus, bevor sie falsche Schlüsse zog. »Ich erledige nur was.«

»Du verbrennst das Geld?« Soraya kam lächelnd herein und küsste ihn auf den Hals. »In unserem einzigen Topf?«

Kevin lachte. »Nein, ich verbrenne den Arztkittel und die Perücke. Hätte ich schon längst tun sollen.«

»Gute Idee.« Soraya ließ sich aufs Sofa fallen. »Und wenn du fertig bist mit Brandstiften, könnte ich eine Fußmassage vertragen.«

Kurz darauf saßen sie zusammen auf der Couch. Kevin hatte das Fenster geöffnet, aber immer noch hing der Gestank von verbranntem Plastik im Zimmer. Eine Weile massierte er schweigend Sorayas Füße, dann sagten beide gleichzeitig: »Ich muss dir was sagen.«

»Du zuerst«, schob Kevin schnell hinterher.

»Na gut.« Soraya setzte sich aufrecht hin. »Du hast mich ja schon oft gefragt, warum ich eigentlich Friseurin geworden bin. Für mich war das einfach normal, ich frisiere gern, und ich war damit immer ganz zufrieden – bis jetzt. Weißt du«, sie legte ihm ihren anderen Fuß in den Schoß, »dieses Cut-in, die Organisation, der Rummel – das war mega.«

»Glamouröse Fernsehauftritte nicht zu vergessen.«

»Ganz genau.« Soraya lächelte ihn durch die Rauchschwaden hindurch an. »Dadurch ist mir klar geworden, dass ich ein Talent habe fürs Event-Management, wie man das wohl nennt. Und es macht mir echt Spaß.«

Ihr Handy klingelte, aber sie nahm nicht ab. »Auch wenn das bedeutet, dass mich ständig jemand anruft«, ergänzte sie lächelnd. »Wenn ich heute aufhören würde im Salon, könnte ich sofort so viele Cut-ins organisieren, wie ich will. Du glaubst nicht, wie viele Anfragen ich schon bekommen habe!«

»Doch, das glaube ich. Und wenn es das ist, was du tun willst, dann solltest du es auch tun.«

Soraya senkte den Blick. »Auch wenn das bedeuten würde, dass wir noch eine Weile hierbleiben müssten? Ich meine, bis ich die ersten Events organisiert habe? Es wäre ziemlich unpraktisch, dafür immer von Belgien aus herzufahren.«

Kevin sackte das Herz in die Hose, trotzdem brachte er heraus: »Na ja, das Semester fängt ja erst im Herbst an.«

»Bis dahin läuft mein Geschäft!«, rief Soraya euphorisch. »Und dann gehen wir nach Belgien, versprochen!« Sie gab ihm einen langen Kuss. »Ich weiß, dass das nicht leicht für dich ist, und sicher muss ich dann hin und wieder auch nach Deutschland … Was ist das denn für ein Geräusch?«

»Ja, es ist ein großes Opfer, aber für dich bringe ich es natürlich gern«, sagte Kevin schnell. Er wusste genau, was das kratzende Geräusch zu bedeuten hatte. »Ich muss dich dafür aber auch um einen kleinen Gefallen bitten. Und bitte lass mich erst mal ausreden, bevor …«

»Sag jetzt nicht …« Soraya sprang auf und riss die Wohnungstür auf. »Du hast doch versprochen, den Hund loszuwerden!«

»Also, erstens sucht die Polizei doch nach einem grauhaarigen Typen, auf mich kommen die da nie und nimmer!«, brachte Kevin das erste seiner sorgsam zurechtgelegten Argumente vor. »Ich kann doch einfach sagen, der Hund wäre mir zugelaufen.«

Dr. Sonderbergh kroch unter das Sofa. Kevin warf sich auf den Bauch und konnte den Dackel gerade noch davon abhalten, sein Geschäft zu erledigen.

»Kevin!« Sorayas Stimme klang, als wäre sie kurz vorm Explodieren. Zeit für Kevins schlagendstes Argument.

»Soraya, ist dir bewusst, dass überall Tierfänger unterwegs sind? Und die Hunde, die sie fangen, kommen keineswegs alle ins Tierheim. Ich wollte es auch kaum glauben, aber manche werden an Restaurants verkauft! Und das ist noch nicht mal das Schlimmste.« Kevin redete immer weiter, während Sorayas Schweigen von wütend über belustigt bis zu fassungslos wechselte. Erst als ihm nichts mehr einfiel, verstummte er und erwartete ihr Donnerwetter.

»Tierorganhändler?!« Das war ihr erstes Wort.

Aber beileibe nicht das letzte.

# 29. Schiller

Billy und Sissy fanden sich, wie üblich, nach der Häkelgruppe bei ihrem Auftraggeber in der verlassenen Lagerhalle am Rande der Kiesgrube ein.

Schiller verschränkte die muskelbepackten Arme und setzte sich auf den Rand eines Küchentischs, dessen gute Zeiten schon einige Jahrzehnte zurücklagen. »Na, was hast du heute gemacht?«, fragte er Billy.

»Den Falschgeld-Deal mit den *Pandas* eingefädelt und 'nen Manta gehäkelt. Hier, guck mal!«

Schiller grinste und wandte sich an Sissy. »Und, auch 'nen Manta gehäkelt?«

Sissy schnaubte. »Mantas sind was für Anfänger!« Vorsichtig zog sie ihr Häkelwerk aus der riesigen Umhängetasche und hielt es ihrem Boss stolz vor die Nase.

Billy verschluckte sich vor lauter Kichern fast an seinem Kaugummi. »Ein Seepferdchen? Dein Ernst?«

»Mit gewellter Rückenflosse! Mach das erst mal nach, Blödmann!«

»Ruhe, Leute!« Schiller erhob sich, und sofort verstummten die beiden. »Und jetzt erzählt mal: Was ist heute in der Gruppe so los gewesen?«

Billy berichtete von Jojo und ihren Problemen, Sissy von dem Dackel, nach dem Annika suchte.

»Und dann war da noch was«, fiel Sissy ein. »Annika hat nach einer Frau gefragt, Ilse Pente heißt die.«

Billy musste so lachen, dass ihm der Kaugummi aus dem Mund fiel. »Und Maria hat sie gefragt, ob sie *Il Serpente* meint. Das heißt auf Italienisch wohl …«

»Die Schlange.« Schillers Miene verfinsterte sich. Gedankenverloren winkte er den beiden zu gehen, und sie machten sich leise davon.

# 30. Daniel

**Twitter**
@haikuh
**2x2**
*Karl, Annika, Hans*
*Conrad, Petra, David*
*Paul, Kim: nur ein Name?*

Daniels Haiku hatte wie gewohnt einige Haiku-Schreibende inspiriert, von denen jedoch glücklicherweise niemand sein eigentliches Anliegen erraten hatte.

Groupie62 hatte Daniel freundlicherweise darauf hingewiesen, dass es acht Namen seien und die letzte Zeile daher hätte lauten müssen: »Paul, Kim: nur Namen?« Und sie hatte ihm gleich mal gezeigt, wie es ging:

**Twitter**
@Groupie62
*John, Paul, Ringo, George*
*Agnetha, Anni-Frid, Björn*
*Benny: nur Namen?*

Innerhalb weniger Minuten folgten:

**Twitter**
@Spiderman18
*Ameise, Fliege,*
*Kakerlake, Heuschrecke*
*Floh: nur Insekten?*

**Twitter**
@Hoppla_4
*Dussel, Trottel, Narr*
*Vollpfosten, Esel und Depp:*
*nur Idioten?*

Hermanns Antwort jedoch ließ auf sich warten. Daniel zwang sich, in die Küche zu gehen und eine Kanne Tee zu kochen. Er war fast fertig, als endlich Hermanns Haiku kam. Obwohl Daniel extrem angespannt war, musste er grinsen, als er den neuen »unbarmherzigen« Namen seines alten Leibwächters sah.

Hermann hatte offenbar etwas über Annika herausgefunden, aber das war zu umfangreich, um es über verschlüsselte Haikus zu vermitteln. Da Hermann außerdem schon seit einiger Zeit sicher war, dass seine Kommunikation überwacht wurde, schrieb er Daniel niemals Mails. Also hatte er wohl seine Informationen über Annika aufgeschrieben und den Brief irgendwie rausgeschmuggelt.

Was bedeutete, dass Daniel warten musste.

Eine Sache war Hermann aber so wichtig gewesen, dass er sie im Haiku erwähnt hatte: Annikas Bruder war gefährlich. Und sie hatten keinen Kontakt.

Bislang hatte Daniel nicht einmal gewusst, dass Annika einen Bruder hatte. Aber was wusste er schon von dieser Frau …

# 31. Annika

Annika hatte es kaum erwarten können, nach Hause zu kommen, um in Ruhe nach *Il Serpente* zu suchen.

Es wurde einer der frustrierendsten Abende ihres Lebens.

*Il Serpente* war italienisch für »die Schlange« – mehr war aus dem sonst so mitteilsamen Internet kaum herauszubekommen. Auch die Kombination mit Begriffen aus dem kriminellen Milieu brachte Annika nicht weiter. Schließlich gab sie diese Suche fürs Erste auf und widmete sich ihrem geheimnisvollen Detektivkollegen.

Das Ergebnis dieser neuen Suche war ebenso niederschmetternd. Manager, Metzger, Mönche – es gab jede Menge Daniel Meiers in Köln, aber keiner sah Annikas Daniel auch nur entfernt ähnlich.

*Ach, jetzt ist er also schon* dein *Daniel,* meldete sich ihre innere Stimme.

Annika ignorierte sie.

*Vergiss es, das bringt nichts.* Die Stimme klang belustigt. *Ich weiß genau, dass du mich hörst.*

Nach weiteren zwanzig Minuten gab Annika die Suche nach Daniel auf. Er hatte es gar nicht verdient, dass sie sich so ausgiebig mit ihm beschäftigte! Einmal war er freundlich, sogar lustig – dann wieder ließ er den Snob raushängen oder machte aus heiterem Himmel einen auf unnahbar. Das mochte ein guter Ansatz für eine Figur in einem Drehbuch sein. Aber da wusste die Autorin wenigstens, was hinter all diesem Hin und Her steckte!

Egal. Annika hatte die Nase voll. Und sie musste einen Dackel finden.

Sie feilte an der Nachricht an Daniel, bis sie so kurz und schroff wie möglich war.

**Whatsapp**
*Hallo,*
*ich gehe morgen um zehn in die Bank, mit*
*oder ohne dich.*
*Annika*

Wenn wenigstens Karim Schulz sich melden würde! Zum x-ten Mal an diesem Tag checkte Annika ihre SMS, dann die Mails und schließlich auch noch WhatsApp, Threema und Instagram.

Sie warf das Handy auf die Schlafcouch und kramte nach ihren Häkelsachen. Seit Tagen wollte sie schon die Sonnenblume für ihr Fenster fertig machen. Das würde ihr helfen, sich zu entspannen. Allerdings …

Annika seufzte und ließ sich in ihren Schreibtischstuhl fallen. In zwei Wochen musste sie den neuen Heftroman abgeben. Sie rief am Bildschirm das Manuskript von »Wenn der Pfleger zweimal klingelt« auf. Dann noch in der Playlist auf »zufällige Wiedergabe« geklickt …

*Du weißt aber schon, dass du damit nichts gegen mich ausrichten kannst, oder?*

Bisher hatte Annika nicht mehr als einen Titel, der in der Regel aber sowieso kaum etwas mit der Geschichte zu tun hatte.

*Wie wär's mit Schlangengift? Und Dr. von Sonderbergh muss herausfinden, welche Schlange es war, um das richtige Gegenmittel zu finden?*

Manchmal war ihre innere Stimme doch zu etwas gut.

*Manchmal?!?*

# Tag 4

*Casanova knackt eine störrische Auster*

## 32. Annika

»Morgen.«

»Morgen.«

»Kalt heute.«

»Hm.«

*Es geht doch nichts über eine gepflegte Unterhaltung*, dachte Annika.

*Das wollte ich auch gerade sagen*, meinte ihre innere Stimme.

Annika gab sich einen Ruck. »Also, wie machen wir es?«

*Ihr wollt es machen?!*

*Schnauze!*

»Nun …« Daniel sah an ihr vorbei zu Boden. »Dein Plan ist also, dass wir uns als Versicherungsdetektive ausgeben?«

»Hast du vielleicht einen besseren?«

Erstaunt sah er sie an. »Nein. Nein, das ist eine gute Idee.«

»Allerdings!«, blaffte Annika. »Denn auf diese Weise bekommen wir nicht nur mit Sicherheit mehr Auskünfte, als wenn wir einfach so fragen würden. Vielleicht erfahren wir ja auch etwas über den Banküberfall.«

»Und das ist gut, weil …?«

Annika wollte Daniel an seiner teuren grauen Lederjacke packen und schütteln, aber sie beließ es bei einem bösen Blick. »Weil es vermutlich jede Menge Finderlohn gibt? Und weil es vielleicht einfach Spaß machen würde, einen Bankräuber zu fassen?«

»Vielleicht.« Daniel zeigte Ansätze eines Lächelns,

das jedoch schnell einem grimmigen Blick Platz machte. »Aber diesmal möchte ich nicht über angemessene Sprache belehrt werden. Am besten lässt du mich reden.«

»Klar, der vornehme Herr muss der Straßengöre erst mal zeigen, wie man mit Bankern spricht!« Annika preschte wütend los – und war auf diese Weise als Erste am Bankschalter.

»Lauber mein Name, von Ihrer Versicherung.« Sie zückte einen grünen Ausweis, ließ die Bankangestellte einen flüchtigen Blick darauf werfen und steckte ihn wieder ein. »Und das«, sie zeigte auf Daniel, »ist mein Kollege …«

»Holtermann. Isidor Holtermann.« Daniel schenkte der etwa vierzigjährigen, überkorrekt gekleideten Frau hinter dem Schalter ein strahlendes Lächeln. »Und mit wem habe ich das Vergnügen?«

Die Frau errötete. »Linda Weber, sehr erfreut.« Und dann, als sie sich wieder gefangen hatte: »Was kann ich denn für Sie tun?«

Wie sich herausstellte, hatte sie den Dackel am Tag des Überfalls nicht gesehen. Dasselbe galt für ihre Kolleginnen und Kollegen. Daniel bedankte sich, da durchfuhr Annika plötzlich ein Geistesblitz.

»Wir würden gern mit Ihrem Filialleiter sprechen.« Sie ignorierte Daniels Gesten, die vermutlich so etwas bedeuteten wie: »Hör sofort auf, und lass uns verschwinden! Du bringst uns in Teufels Küche!« Annika lehnte sich verschwörerisch zu Linda Weber vor. »Es geht um die Videoaufnahmen vom Überfall, die würden wir gern noch einmal sehen.«

Die Frau stutzte. »Aber ihre Kollegen haben die Dateien doch schon vorgestern mitgenommen.«

Während Annika nach einer Antwort suchte, lächelte Daniel auf unerträglich schleimige Art und Weise. »Da haben Sie natürlich recht, Frau Weber. Aber leider haben sich diese Kollegen etwas ungeschickt angestellt und die Dateien versehentlich gelöscht, bevor sie bei uns ins System kopiert werden konnten.« Er schüttelte den Kopf, halb bedauernd, halb verständnislos angesichts von so viel Dummheit. Linda Weber schüttelte ihren wie hypnotisiert mit. »Na, dann kommen Sie mal herein, da hinten herum. – Herr Vondrachek, darf ich Sie mal stören?«

Daniel führte den Großteil des Gesprächs mit dem Filialleiter, während Annika sich auf die Videoaufnahmen konzentrierte.

*Du musst zugeben, das macht er richtig gut*, meinte ihre innere Stimme.

*Ich muss gar nichts zugeben.*

Das Gesicht des Bankräubers war auf den Aufnahmen nicht zu sehen, aber dafür konnte man seine Kleidung umso besser erkennen.

*Bingo!*

Annika bedeutete Daniel, dass er zum Ende kommen konnte. Daniel warf einen Blick auf den Bildschirm, dann streckte er dem Filialleiter die Hand hin und sagte geschmeidig: »Herzlichen Dank, Herr Vondrachek, wir haben dann alles.«

Herr Vondrachek sah zu, wie Daniel den Stick mit den Aufnahmen in der Innentasche seiner Designerlederjacke verstaute. »Können Sie mir denn schon etwas sagen? Über Ihre Ermittlungen? Die Polizei hält sich da sehr bedeckt.«

»Leider …«, sagte Daniel, und jede Faser seines Körpers drückte aus, wie leid es ihm tat.

*Ach, dieser Körper!*, schwärmte Annikas innere Stimme.

*Reiß dich zusammen!*, erwiderte Annika.

»Leider kann ich Ihnen heute dazu noch nicht mehr sagen. Wir müssen uns jetzt auch verabschieden. Meine Kollegin …«

*… hat ihre Tage, hat eine schwache Blase, braucht dringend einen Schnaps?*, schlug Annikas innere Stimme vor.

»Sag jetzt nichts Falsches!«, flüsterte Annika.

»Wie auch immer.« Daniel lächelte. »Wir melden uns bei Ihnen.«

Sie verließen das Büro. »Hast du das gesehen?«, fragte Annika, kaum dass der Filialleiter seine Tür geschlossen hatte. »Der Arztkittel, das Stethoskop, die grauen Haare …«

Daniel nickte. »Genau so hat Heini den Mann beschrieben, dem *Darth Vader* hinterhergelaufen ist.«

Annika drängte sich an einem jungen Mann mit Notizbuch vorbei, der fernab der Schalter in der Nähe der Büros stand. Hatte er nicht vorhin auch am Schalter von Linda Weber gewartet? Annika hatte ihn nur ganz am Rande bemerkt. Aber war das ein Wunder angesichts von Daniels …

*… charmantem Auftreten?*, fragte ihre innere Stimme. *Betörendem Lächeln? Knackigem …*

*Peinlichem Rumgesülze*, stellte Annika klar.

Daniel ging, zufrieden grinsend, an ihr vorbei. Im Vorbeigehen nickte er Linda Weber noch einmal zu, die prompt so rot wurde wie ein Teenager mit Erdbeer-Allergie. Für Annika hatte sie hingegen keinen Blick übrig.

Daniel verließ die Bank schnell und ging in Richtung

des »Kaffee & Kuchen«. Annika blieb nichts übrig, als ihm zu folgen.

*Man könnte auch sagen: hinterherzulaufen,* meinte ihre innere Stimme.

*Diesem Casanova für Arme? Pah!*

»Also, *Isidor*«, sagte Annika, als sie beide saßen, »was war das denn für eine Vorstellung?«

Daniel blätterte in der Speisekarte, bestellte dann in aller Ruhe einen Cappuccino – Annika schloss sich an – und lehnte sich zurück. »Immerhin haben wir doch einiges in Erfahrung gebracht, oder?«

Annika hätte ihm am liebsten sein überlegenes Lächeln aus dem Gesicht gewischt. Doch bevor sie etwas total Bissiges erwidern konnte – das ihr im Moment nur nicht einfallen wollte –, fragte er: »Was war das eigentlich für ein Ausweis, den du Linda Weber gezeigt hast?«

»Schwerbehindertenausweis.«

»Von Atze?«

»Von meiner fünfundachtzigjährigen Nachbarin.«

Die Kellnerin stellte die Cappuccinos auf dem wackeligen Rattantischchen ab. Als sie gegangen war, meinte Daniel: »Das mit dem Ausweis hätte auch schiefgehen können.«

»Ist es aber nicht«, sagte Annika triumphierend. »Und außerdem haben wir etwas erfahren, das uns sowohl *Darcy* als auch dem Finderlohn einen großen Schritt näher bringt.«

»Dass der Bankräuber als Arzt verkleidet war, was bedeutet …«

»… wenn wir den Dackel finden, haben wir auch den Bankräuber, und umgekehrt!«

# 33. Daniel

Daniel fand, dass er das in der Bank hervorragend gelöst hatte. Aber bevor Annika das anerkannte, konnte er vermutlich warten, bis die Schweiz in die EU eintrat. Was war heute überhaupt mit ihr los?

*Versteh einer die Frauen … Oder vielmehr: diese Frau.*

Gerade wollte er ihr von dem Mann mit dem Notizbuch erzählen, der in der Bank zweimal in ihrer Nähe gestanden hatte, da richtete sich Annika plötzlich auf und starrte verkniffen auf einen Punkt hinter Daniels Schulter. Dann bückte sie sich hastig und tastete auf dem Boden herum. Es sah aus, als wollte sie unter den Rattantisch kriechen.

»Kann ich dir …?«

»Pst!« Sie stieß gegen ein Tischbein, und Daniels Cappuccino fiel scheppernd um. Er ergoss sich über den Tisch und bahnte sich seinen Weg durch das Flechtwerk.

Während Annika fluchte, blieb ein großer Mann neben ihrem Tisch stehen. »Hallo, Annika.« Er streckte einen muskelbepackten Arm aus und half ihr hoch.

Annika versuchte, sich würdevoll den Milchschaum aus den Haaren zu wischen, und Daniel musste sich zusammenreißen, um nicht loszulachen. Aber Annika bemerkte nichts davon. Sie starrte zu dem Mann hoch, so wütend, dass der abwehrend die Hände hob. Allerdings grinste er dabei wie ein Junge, der zwar zu Recht beschuldigt wurde, Bonbons geklaut zu haben, es aber keine Sekunde bereute.

Doch Daniel konnte er nicht täuschen. Dieser Mann

war gefährlich. Brandgefährlich. War Annika das bewusst?

»Was willst du hier?«, zischte sie.

Der Mann ließ die Hände sinken. »Willst du mir nicht erst mal deinen Freund vorstellen?«

»Daniel«, sagte Daniel schnell und stand auf. Wie er gehofft hatte, streckte der Mann ihm eine Pranke hin. »Und ich bin …«

»Das ist …«, fuhr Annika dazwischen, »das ist …«

Auch wenn Daniel inzwischen einiges von ihr gewohnt war: Seit dieser Typ aufgetaucht war, benahm sie sich noch seltsamer als sonst.

Der Mann unterbrach sie. »Ich bin Schiller. Freut mich.«

Annika atmete hörbar aus. »Genau. Schiller. Ein … alter Bekannter.«

Der Mann lächelte. »So kann man es auch ausdrücken.«

»Und jetzt sag mir endlich, was du willst!«, fuhr Annika ihn an.

Sein jungenhaftes Gesicht wurde ernst. »Das ist nichts für fremde Ohren.«

Annika packte ihn am Arm. »Bin gleich wieder da«, rief sie Daniel zu, während sie ihren geheimnisvollen Bekannten fortzerrte.

Daniel sah ihnen nach. Dann nahm er die Serviette, die als einzige vom Kaffee verschont geblieben war, und begann Schillers Tattoo zu zeichnen.

Ein Dolch, auf dessen Griff eine rote Spinne hockte. Und von der Spitze tropfte Blut.

# 34. Annika

»Was willst du?«, fragte Annika noch einmal. Sie hatte Tom in eine Seitenstraße gezerrt und sah nun demonstrativ an ihm vorbei auf eine Häuserwand.

»Kannst du mich nicht mal ansehen?«, fragte er sanft.

Annika räusperte sich. »Lass uns ein paar Schritte gehen.«

»Ich weiß zwar nicht, was du mit *Il Serpente* zu tun hast«, meinte Tom, »aber ich habe mich ein bisschen umgehört.«

Annika blieb abrupt stehen. »Woher weißt *du* denn davon?«

»Ich hab so meine Quellen.«

Und da ging Annika ein Licht auf. »Du hast einen Spion in meiner Gruppe!«

»Genau genommen sind es zwei.«

Jetzt sah Annika ihn doch an, fassungslos. »Du bist ein solcher …«

Tom schüttelte den Kopf, als wäre sie ein Kind, mit dem man Nachsicht haben musste. »Natürlich habe ich jemanden in deiner Gruppe! Was meinst du denn, warum du im Club unbehelligt häkeln kannst?«

»Ich kann sehr gut selbst auf mich aufpassen, vielen Dank!« Annika musste sich zusammenreißen, um nicht zu schreien. »Im Club kennt mich jeder nur unter meinem neuen Namen. Außer dir und Chantal weiß niemand, wer ich bin!«

Tom lächelte gezwungen. »Wenn du meinst. Aber viel wichtiger ist, dass du dich auf keinen Fall mit *Il Serpente* einlässt«, sagte er eindringlich.

»Ich kenne den gar nicht! Ein Freund hat den Namen nur mal erwähnt.«

»Ein Freund? Etwa dieser Daniel?«

Verdammt, Annika musste Daniel sofort aus Toms Schusslinie bringen! Sie wollte nicht wissen, was passierte, wenn Tom ihn als Bedrohung einstufte.

»Nein, das war … jemand anders«, sagte sie so beiläufig, wie sie konnte. »Wer ist dieser Schlangen-Typ denn eigentlich?«

Tom musterte sie mit einem Blick, der vermutlich schon viele in ein wimmerndes Häufchen Elend verwandelt hatte. Aber Annika beeindruckte das nicht. »Also?«

»Ein Schweizer Geschäftsmann. Steckt ganz groß drin im Kunstschmuggel.« Tom schlug mit der Faust gegen die Häuserwand. »Skrupellos. Unberechenbar. Geht über Leichen. Das ist so ziemlich alles, was über ihn bekannt ist.« Er packte Annika an den Schultern. »Und du solltest diesen Namen ganz schnell aus deinem Gedächtnis streichen. Ist das klar?«

»Du hast mir gar nichts zu sagen«, antwortete Annika mechanisch. In ihrem Kopf drehte sich alles.

»Sag mal«, Toms Stimme wurde leise, »was weißt du eigentlich über deinen neuen Freund, diesen Daniel?«

*Nichts*, dachte Annika. Und dann rasteten die Zahnräder in ihrem Kopf plötzlich ein. Doch, sie wusste etwas über Daniel:

1. Er hatte sie zu einem Apéro eingeladen, nicht zu einem Aperol. In der Schweiz war ein Apéro kein Aperol, sondern ein Imbiss mit Aperitif. Darum hatte Daniel auch so komisch geguckt, als sie sagte, sie hätte lieber einen Hugo.

2. Daniel war also Schweizer. Und nach seinen teuren Klamotten zu schließen, war er außerdem reich.

3. Genau wie *Il Serpente*, vor dem er auf der Flucht war.

4. Oder stimmte das etwa nicht?

Wo war sie da nur hineingeraten?

»Ich muss los«, meinte sie. Und ließ Tom einfach stehen.

# 35. Schiller

Schiller ging zurück zum Schälplatz, wo Annika sich wieder zu diesem Daniel an den Tisch setzte. Aus der Deckung einer großen Linde heraus schoss er ein Foto von dem Typen und leitete es an zwei seiner Leute weiter.

»Kommt sofort her. Ich muss wissen, wer dieser Kerl ist. Er nennt sich Daniel und sitzt jetzt noch vor dem Café am Schälplatz. Überwachung Tag und Nacht. Aber Vorsicht, er könnte ein Profi sein. Denkt dran: Gefährlich ist's, den Leu zu wecken …«

# 36. Daniel

Annika kam aus der Seitengasse zurück, und dann ging alles so schnell, dass Daniel erst begriff, was passiert war, als es schon zu spät war.

Es begann damit, dass er sagte: »Das mit dem ›alten Bekannten‹ kann ich nicht so recht glauben. Diesem Mann stehen die Worte ›gefährlicher Gangster‹ ja förmlich auf die Stirn geschrieben.«

»Das geht dich nicht das Geringste an!« Sie setzte sich

nicht, sondern trat unruhig von einem Fuß auf den anderen.

»Nun, ich denke doch, dass ich …«

»Dann bist du ein Idiot!«, schrie Annika. »Ich hab echt andere Sorgen!«

Daniel war an diesem Tag von Annika kritisiert, angepflaumt und nun auch noch angeschrien worden. Jetzt wurde er seinerseits sauer. »Ich nehme an, deine Sorgen haben mit diesem Kriminellen zu tun? Nein, warte, vielleicht doch eher mit den fragwürdigen Subjekten, mit denen du im *Ocean Club* geheime Handschläge austauschst?«

Annika lief weg, kehrte nach wenigen Schritten aber wieder um.

»Du solltest den Ball lieber ganz flach halten!« Sie stützte sich auf den Tisch und beugte sich vor, bis Daniel ihr wutverzerrtes Gesicht besser sehen konnte, als ihm lieb war. »Du spionierst mir also nach?« Sie schlug mit beiden Händen auf den Tisch. »Dann lass uns mal Tacheles reden! Du bist doch derjenige, der sich vom ersten Moment an verdächtig benommen hat! Von wegen: ›Ich weiß, dass sie ein Monatsticket hat.‹ Du bist nicht nur arrogant, sondern auch verschlossen wie … wie eine störrische Auster! Ich weiß nicht das Geringste über dich. Nein, warte«, äffte sie ihn nach, »du wirst ja angeblich von diesem Gangster verfolgt, diesem *Il Serpente*. Der Schweizer ist – genau wie *du* übrigens, was du mir natürlich ebenfalls verschwiegen hast. Und dein Name ist wahrscheinlich genauso falsch wie deine Haarfarbe!«

Daniel verlor die Fassung. »Ich erzähle doch nicht jeder dahergelaufenen Kitschromanschreiberin meine Lebensgeschichte!« Er bereute es bereits, bevor er den Satz zu Ende gesprochen hatte.

Annika warf wortlos zwei Münzen auf den Tisch und ging.

Daniel blieb zurück, ratlos und beschämt.

# 37. Kevin

Die Sache mit den Tierorganhändlern hatte Soraya, nun ja, nicht wirklich beeindruckt. Dass man nach einem älteren, grauhaarigen Bankräuber suchen würde, nicht nach einem Mann von Mitte zwanzig, das hatte ihr schon eher eingeleuchtet. Kevin hatte aber trotzdem keine Sekunde daran geglaubt, dass sie zustimmen könnte, den Dackel vorübergehend zu behalten.

Doch seine Freundin hatte ihn, wie so oft, überrascht. Kevin hatte darüber gesprochen, dass sowieso alles seine Schuld sei und der Hund nichts dafür könne, dass er einem Bankräuber nachgelaufen war. Da hatte Soraya zwischen Kevin und Dr. Sonderbergh hin- und hergesehen und gesagt: »Aber du wirst ihn keine Sekunde mit mir allein lassen, ist das klar?«

Darum hatte Kevin den Dackel jetzt auch dabei, als er zu seiner Schicht im Lellis-Krankenhaus aufbrach. Sie fuhren zuerst mit der Bahn und spazierten dann noch eine Weile durch den Park am Krankenhaus. Kevin suchte einen Ort, an dem der Hund unbeobachtet sein Häufchen machen konnte, dann löste er die Leine.

Der Hund gehörte ihm schließlich nicht. Und vielleicht wollte er ja doch zu seinem früheren Herrchen oder Frauchen zurückkehren.

Kevin schüttelte diesen traurigen Gedanken ab. So, wie der seltsame Dackel sich bisher verhalten hatte, war es wahrscheinlicher, dass er am Ende von Kevins Schicht auf ihn warten würde. Er beugte sich zu Dr. Sonderbergh hinunter und tätschelte ihm den Kopf. »Lass dir bloß nicht einfallen, allein zu Soraya zu laufen, okay?«

Der Hund duckte sich weg und rannte in Richtung eines rosa Pudels davon. Er beschnupperte den Pudel, dann drehte er sich zu Kevin um und bellte. Kevin lächelte und machte sich auf den Weg ins Krankenhaus.

Als er in der Pause mit den Cappuccinos in Frau Passmeyers Zimmer stürmte, hatte er eine neue Bestzeit aufgestellt: vier Minuten und drei Sekunden. »Sie hatten einen Cappuccino bestellt?«, rief er, dann erst bemerkte er den Mann im schwarzen Anzug, der neben Frau Passmeyers Bett stand.

»Das ist Kevin Kaminski«, stellte sie ihn vor.

Der Mann nickte. »Wenn ich mich meinerseits vorstellen darf: Dr. Ewald Brosenhain. Ich vertrete Frau Passmeyer.«

Kevin erschrak. Aber er beruhigte sich gleich wieder. *Ein Anwalt, kein Polizist. Das hier hat nichts mit mir zu tun.*

Frau Passmeyer betrachtete ihre Kaffeetasse. »Ich denke, wir haben dann alles geregelt, Dr. Brosenhain, nicht wahr?«

Der Anwalt nestelte an seiner Krawatte, die mit winzigen Golfbällen bedruckt war. »Nun, da wäre immer noch die Frage zu klären, wie ihre Tochter …«

»Dazu ist alles gesagt«, unterbrach sie ihn scharf. Der Anwalt zögerte, dann verabschiedete er sich. Als er das Krankenzimmer verlassen hatte, atmete Frau Passmeyer mehrmals tief ein und aus.

»Alles in Ordnung?« Kevin überprüfte die Anzeigen auf dem Monitor. Alles im grünen Bereich, für Frau Passmeyers Verhältnisse zumindest. Manch anderer hätte mit solchen Werten keine Unterhaltung mehr führen können.

»Machen wir uns nichts vor, Dr. Kevin.« Sie sah aus dem Fenster, wo ein Entenpaar vorbeiflog. »Viel Zeit bleibt mir nicht mehr. Darum war es wichtig, meine Angelegenheiten zu regeln.«

Eine Weile waren sie schweigend mit ihren Cappuccinos beschäftigt. Dann nahm Kevin all seinen Mut zusammen. Es ging ihn nichts an, aber er konnte sie einfach nicht sterben lassen, ohne es gesagt zu haben. »Frau Passmeyer, ich habe keine Ahnung, was zwischen Ihnen und Ihrer Tochter vorgefallen ist, und ich will es auch gar nicht wissen. Aber bitte lassen Sie mich sie anrufen. Sie sollten …«

»Nein!« Es klang wie ein Hilfeschrei.

Und als Schrei nach Hilfe, das beschloss Kevin in diesem Moment, würde er ihr Nein auch verstehen. Es widerstrebte ihm sehr, doch er hatte in der letzten Zeit schon viel Schlimmeres getan als das.

»Ich muss leider los.« Er streichelte ihren Arm, und sie versuchte sich an einem Lächeln. »Bis bald, Dr. Kevin.«

Er hatte noch drei Minuten Pause. Wie sich herausstellte, reichte das gerade eben, um Schwester Dinah zu überreden, ihm die Telefonnummer von Frau Passmeyers Tochter zu geben.

## 38. Darth Vader

Ich gehe mit Wursthose in meinem Lieblingspark spazieren.

Wursthose ist traurig und redet. Ein Wort verstehe ich: »Okay?« Das sagen die Menschen, wenn sie etwas von mir wollen oder meine Hilfe brauchen.

Ich sehe Rosalie mit ihrem Menschen am Kackholzstapel.

Wursthose macht den Würger ab. Ich renne zu Rosalie und beschnuppere sie. Aber Menschen sind ziemlich dumm. Darum erkläre ich Wursthose noch einmal laut, dass Beschnuppern gegen Traurigsein hilft.

Bespringen auch. Aber als ich ihm das zeigen will, ist er schon weg.

## 39. Daniel

Nach dem Streit mit Annika war Daniel verwirrter denn je, was diese Frau betraf. Aber er war auch erschüttert über seine eigene Reaktion. So ausfallend und verletzend zu werden, das kannte er gar nicht von sich! Nicht einmal, wenn er unter Stress stand – und das war auf seiner inzwischen dreijährigen Flucht ein Dauerzustand.

Daniels Heimweg dauerte aber nicht deshalb doppelt so lange wie normalerweise, weil er über sich und Annika nachgrübelte. Der Grund dafür war vielmehr ein junger Mann in Jeans und schwarzem Hoodie.

Zum ersten Mal bemerkte Daniel ihn, als er die Rechnung bezahlte. Die Kellnerin brauchte eine Weile, um das passende Wechselgeld aus ihrem großen Portemonnaie zu kramen, und Daniel ließ derweil seinen Blick schweifen. Der junge Mann lehnte an der Linde am Rande des Platzes und starrte Löcher in die Luft. In diesem Moment war er einfach nur irgendein Mann.

Wachsam wurde Daniel, als er in die Straßenbahn einstieg. Denn im angrenzenden Abteil nahm derselbe Mann mit dem Hoodie Platz und starrte dann wieder vor sich hin.

Daniel hatte genug Erfahrung mit Verfolgern. Darum wusste er auch: Dass er denselben Mann zweimal kurz hintereinander traf, musste für sich genommen noch nichts bedeuten. Doch dieser Mann war jung, und er hatte weder beim Herumstehen auf dem Schälplatz noch in der Bahn ein Handy in der Hand gehalten, um sich die Zeit zu vertreiben. Und *das hatte* etwas zu bedeuten.

Vor der nächsten Haltestelle drückte Daniel auf den Halteknopf. Der Mann stand ebenfalls auf. Daniel stieg aus – und schnell wieder ein, bevor die automatische Tür sich schloss.

Der Mann mit dem Hoodie hatte es nicht geschafft, rechtzeitig umzuschwenken. Vom Bahnsteig aus blickte er Daniels Wagen wütend hinterher. Und dann zog er doch noch ein Handy aus der Hosentasche.

Daniel hatte in der Bahn bereits auf Krisenmodus umgeschaltet. Alles lief automatisch. Er musste nicht einmal darüber nachdenken, eine Station früher auszusteigen als sonst. All seine Sinne waren in Alarmbereitschaft, und so war er fast hundertprozentig sicher, dass ihm niemand folgte, als er sich auf Umwegen zu seiner Wohnung vorarbeitete.

Zu Hause stellte er erleichtert fest, dass seine Sicherheitsvorkehrungen noch allesamt intakt waren. Auch die Überwachungs-App zeigte nichts Verdächtiges.

Dennoch gab es keinen Grund, sich in Sicherheit zu wiegen. Das Verhalten des Handy-Mannes ließ keinen Platz für Zweifel: Daniel wurde verfolgt.

# Tag 5

*Der Klonkrieger und die Zwergziege*

# 40. Annika

Annika hatte die Faxen so was von dicke! Daran hatte auch eine Nacht Schlaf nichts ändern können. Erst Tom und dann dieser arrogante Schnösel von Daniel! Spionierte ihr eigentlich jeder in Köln nach?

*Du bist eben begehrt*, meinte ihre innere Stimme. *Und es muss heißen: der arrogante,* unglaublich heiße *Schnösel.*

*Sag mir lieber, warum ausgerechnet Karim Schulz nichts mehr von mir wissen will.* Annika hatte ihm gestern noch zweimal gesimst, ohne Erfolg.

*Vielleicht ist er bei einer professionellen Pickelbekämpferin.* Wenn eine innere Stimme sich schütteln konnte, so tat sie das jetzt. *Wie Punkte auf einem mutierten Fliegenpilz …*

Annika griff zum Telefon. Sie würde sich von diesen bescheuerten Männern in ihrem Leben nichts mehr bieten lassen. Dieser picklige Produzent musste begreifen, dass man so mit einer Annika Conrad nicht umspringen konnte!

*Vielleicht solltest du dich erst abregen*, wandte ihre innere Stimme ein. Aber Annika kam gerade so richtig in Fahrt.

»Schulz Productions, Isadora Werner, was kann ich für Sie tun?«

»Annika Conrad hier. Herr Schulz hatte mich um eine Drehbuchüberarbeitung gebeten. Ich muss dazu noch etwas mit ihm absprechen, erreiche ihn aber über seine Handynummer nicht. Könnten Sie mich zu ihm durchstellen?«

»Einen Moment, bitte.«

*INNEN. (SPLIT SCREEN) LINKS: ANNIKAS ZIMMER /
RECHTS: BÜRO KARIM SCHULZ – TAG*

SCHULZ

Guten Tag, Frau … Conrad?

ANNIKA

(*irritiert; das ist nicht die Stimme, die sie kennt*) Guten Tag.
Ich wollte eigentlich Herrn Schulz sprechen.

SCHULZ

Am Apparat. Worum geht es denn?

ANNIKA

Sind Sie erkältet?

SCHULZ

(*amüsiert*) Nein. Aber danke der Nachfrage. Sie rufen
wegen eines Drehbuchs an?

ANNIKA

(*empört*) Allerdings! Wegen des Drehbuchs, über das wir
gesprochen hatten und für das ich Ihnen schon einige
neue Szenen geschickt habe.

SCHULZ

(*lacht*) Ganz ehrlich: Diese Masche kannte ich noch gar
nicht!

ANNIKA

Masche?! Wollen Sie mich verarschen?

SCHULZ

Interessante Wortwahl. So was hat mir noch niemand zu

sagen gewagt. Und frech zu behaupten, wir würden uns schon kennen, das hat auch noch keiner so hartnäckig durchgezogen wie Sie. Na gut, ich spiele mal mit. Dann erzählen Sie doch bitte.

ANNIKA

Ihnen erzähle ich gar nichts, Sie … Sie Hochstapler! Ich will jetzt den echten Karim Schulz sprechen, auf der Stelle!

SCHULZ

(*nicht mehr amüsiert*) Echter werde ich nicht mehr. Jetzt hören Sie mal …

ANNIKA

Haben Sie doch wenigstens die Eier, und sagen Sie mir, wenn Ihrem Boss die neuen Szenen nicht gefallen, verdammter Bullshit!

SCHULZ

Ausfallend zu werden ist, bei aller Liebe, keine gute Strategie, wenn man ein Drehbuch verkaufen will. Und so amüsant es anfangs mit Ihnen war: Jetzt reicht es!

ANNIKA

Mir reicht es schon lange! Und übrigens: Sagen Sie Schulz, er wird nie jemanden auf seine Besetzungscouch kriegen, wenn er nicht was gegen seine Pickel unternimmt!

SCHULZ *lacht lauthals.*

ANNIKA *legt auf.*

*Na, dem hast du es aber gegeben*, meinte ihre innere Stimme. *Drehbuch adé!*

*Das war doch nie im Leben Karim Schulz! Dieser Typ sollte mich nur abwimmeln, weil Schulz zu feige war, um selbst mit mir zu sprechen.*

*Bist du dir da ganz sicher?*

# 41. Daniel

Die Nacht war unruhig verlaufen. Jedes kleine Geräusch hatte Daniel aufschrecken lassen, und in die Angst vor seinen Verfolgern mischten sich beklemmende Gedanken an den Streit mit Annika.

Um halb acht duschte er, brühte sich einen doppelten Espresso und stellte dann fest, dass er keine einzige Scheibe Gruyère mehr im Kühlschrank hatte.

Einen Moment lang zögerte er, wollte die Wohnung nicht verlassen aus Sorge, was draußen auf ihn warten mochte. Doch dann rief er sich selbst zur Vernunft. Wenn die Schergen von *Il Serpente* ihn aufgespürt hätten, wäre mit großer Wahrscheinlichkeit bereits ein warnendes Haiku von Hermann angekommen.

Daniel überprüfte Twitter und sicherheitshalber auch seine anderen Kommunikationskanäle, dann ging er einkaufen.

Der Gang zur Bäckerei und zum Supermarkt hatte kaum

eine Viertelstunde gedauert, aber in der Zwischenzeit war Hermanns Brief zugestellt worden. Daniel öffnete ihn noch auf der Treppe, doch zum Lesen kam er nicht mehr. Die Leiste über den verdeckten Schlössern seiner Wohnungstür war verschoben worden!

Unten fiel die Haustür ins Schloss.

Daniel drängte die aufkommende Panik zurück und konsultierte seine Überwachungs-App. Nichts. Die Tür? Jemand hatte das Schloss geknackt und dann offenbar gemerkt, dass die Tür so nicht zu öffnen war. Er hatte die Leiste entdeckt und sich daran zu schaffen gemacht. Als er die Haustür gehört hatte, war er … nach oben gerannt? Oder nach unten?

Auf dem Weg nach unten wäre er unweigerlich auf Daniel getroffen. Einem Amateur mochte das in der Aufregung nicht bewusst sein – einem Profi schon. Ein Profi wäre nach oben gerannt. Außer natürlich, er hätte die Konfrontation mit Daniel absichtlich herbeiführen wollen.

Aber das wiederum wäre für einen von *Il Serpentes* Leuten am helllichten Tag ein zu großes Risiko gewesen. Denn einer Sache war Daniel sich sicher: dass *Il Serpente* ihn noch einmal sehen wollte, bevor er ihn umbringen ließ.

Alles sprach dafür, dass man ihn gefunden hatte.

Daniel sperrte das Sicherheitsschloss auf, seine Aufmerksamkeit immer auf die Treppe nach oben gerichtet. Er warf einen Blick auf die – unberührten – Staubflocken im Flur, schloss die Tür und verschanzte sich in seiner Wohnung. Er atmete ein paarmal durch, dann nahm er Hermanns Brief zur Hand.

Als er die Anrede las, musste er trotz seiner bedrohlichen Lage schmunzeln. Hermann hörte sich an wie eine besorgte alte Tante. Das passte nur bedingt zu dem muskelbepackten Zwei-Meter-Mann, der einem alle Knochen brechen konnte, ohne auch nur schneller zu atmen.

*Mein lieber Junge,*
*ich hoffe sehr, dieser Brief erreicht dich rechtzeitig, bevor du in noch größeren Schwierigkeiten steckst.*
*Annika Conrad heißt eigentlich Jackeline Annika Wellmüller. Annika Conrad ist ihr Künstlername. Sie ist in Köln-Mesche-nich aufgewachsen. Die Mutter war Alkoholikerin und ist vor acht Jahren gestorben, der Vater sitzt – nicht zum ersten Mal – im Gefängnis.*
*Sie hat einen drei Jahre jüngeren Bruder, der Thomas heißt. Als er elf war, ist er von den Mitgliedern einer Gang zusam-mengeschlagen worden. Annika hat daraufhin den Anführer der Gang verprügelt. Dabei wurde er schwer verletzt, was Annika einige Wochen Jugendarrest einbrachte. In dieser Zeit schloss sich ihr Bruder den »Red Spiders« an, ebenfalls eine Gang. Mittlerweile ist er ihr Anführer und nennt sich »Schil-ler«. Die Gang ist unter seiner Führung zu einem lukrativen Unternehmen geworden, das sich hauptsächlich mit Falsch-geld und Cyberbetrug beschäftigt.*
*Offenbar ist der Kontakt zwischen Annika und ihrem Bruder abgebrochen, als sie zu Hause ausgezogen ist. Das war etwa drei Jahre nachdem sie aus dem Arrest gekommen war.*
*Annika scheint also unverdächtig. Trotzdem rate ich dir drin-gend, die Stadt zu verlassen. Aber zu diesem Schluss wirst du nach der Lektüre dieses Briefes sicher selbst kommen.*
*Dein alter Freund H.*

Er wollte nicht weg aus Köln. Und von Annika. Er woll-te diese verrückte Dackelsuche weiterführen, und er wollte all das über Annika herausfinden, was nicht in Hermanns Brief stand.

Warum tat er es dann nicht einfach? Und ging davon

aus, dass er nur das Opfer eines schiefgegangenen Einbruchsversuchs geworden war, wie es sie in Köln jeden Tag massenweise gab?

Weil schon die geringste Möglichkeit, dass *Il Serpente* ihn gefunden hatte, ein zu großes Risiko bedeutete. Er durfte ihm nicht in die Hände fallen, bevor er Beweise gesammelt hatte. Alles andere musste sich diesem Ziel unterordnen. Er würde also alle Zelte hinter sich abbrechen. Wieder einmal.

Aber auf keinen Fall würde er gehen, ohne sich von Annika zu verabschieden.

Wenn sie überhaupt noch mit ihm redete.


# 42. Jojo und Atze

»Jojo, komm her, datt musste lesen! Unser *Darcy* is in einen Bankraub verwickelt!«

»So ein Blödsinn!« Jojo werkelte verbissen an ihrer Seegurke. Bei den Kids im Club hatte das so leicht ausgesehen!

»Getz komm schon her!« Atze schwenkte die Zeitung. »Ich erzähl dir kein' Kokolores, et stimmt!«

Jojo legte das widerspenstige Häkelzeug beiseite und setzte sich zu Atze aufs Sofa.

### ARZT MIT DACKEL SOLL BANK AM SCHÄLPLATZ AUSGERAUBT HABEN

*Der Mann, der vor vier Tagen die Bank ausgeraubt hat, war Arzt – oder zumindest als Arzt verkleidet. Offenbar drohte er der Angestellten Susanne*

*Schmitz [Name von der Red. geändert], eine in seinem Stethoskop verborgene Sprengladung auf dem belebten Platz zu zünden, wenn sie sich weigern sollte, ihm das Geld auszuhändigen.*

*Wie wir außerdem aus gut frisierten Kreisen erfahren konnten, wurde er von einem Hund verfolgt, als er vom Tatort in Richtung Dirk-Bach-Straße lief. Der Langhaardackel war übergewichtig und hatte dünnes braunes Fell.*

*Wenn Sie nähere Informationen zu Arzt oder Dackel haben, wenden Sie sich bitte an die Polizei. Darüber hinaus zahlt die Thünn-Bank einen Finderlohn, wenn durch einen konkreten Hinweis die gestohlene Geldsumme wiederbeschafft werden kann. (Lesen Sie weiter auf S. 4)*

»Das war *Darcy*!«, meinte Jojo verblüfft. »Unser *Darcy*!« Sie lief zu ihrem Handy, das auf dem falschen Kamin lag. »Ich ruf die Polizei an. Und danach die Zeitung, damit die ein Foto von *Darcy* bringen können.«

Atze sprang vom Sofa auf und nahm ihr das Handy aus der Hand. »Jojo, datt sollten wir uns gut überlegen.«

»Was gibt es denn da zu überlegen?!«

Atze holte die Zeitung und deutete auf den letzten Satz. »Siehste datt da, datt mit dem Finderlohn? Den sollten *wir* uns unter den Nagel reißen, meinste nicht?«

Nach einigem Hin und Her konnte Atze Jojo überzeugen, dass sie erst einmal weiter mit der Hilfe von Annika und Daniel nach *Darth Vader* suchen sollten. Die Polizei und die Presse konnten sie immer noch einschalten.

Danach lasen sie gemeinsam den ausführlichen Artikel auf Seite 4, der aber keine neuen Informationen enthielt.

»Ach, guck an.« Atze zeigte auf einen Artikel auf der gegenüberliegenden Seite. »Is datt nich der Typ, der neulich im Fernsehen war? Der mit der *Star-Wars*-Oper?«

Jojo lehnte sich an ihn und las laut:

### KIRCHEN FORDERN ENTLASSUNG VON SKANDALRE-GISSEUR

*Hieronymus Karl, der Regisseur der Star-Wars-Oper »Ein Klonkrieger kommt selten allein« hatte mit seinen Äußerungen darüber, dass Star Wars vor allem feuchte Männerfantasien bediene, vor Kurzem bereits einen Shitstorm ausgelöst.*

*Nun legte er sogar noch nach: Star Wars sei nichts anderes als »Opium fürs Volk«, ein billiger moderner Religionsersatz. Es müsse doch wohl »für jeden Volltrottel« ersichtlich sein, dass Darth Vader mit seiner geheimnisvoll verhüllten Gestalt Luzifer darstelle. Und Luke verkörpere Jesus, der demnach der Sohn des Teufels sei.*

*Die großen Kirchen haben sich in ersten Stellungnahmen einhellig für eine sofortige Entlassung Karls ausgesprochen. Es sei untragbar, diese widerwärtige Blasphemie auch noch mit Steuergeldern zu finanzieren.*

»Na gut«, sagte Jojo, »ich sehe ein, dass wir uns das nicht entgehen lassen können. Also besorg in Gottes Namen Karten für diese Oper!«

Atze grinste. »Schon erledigt, mein Schnüssken.«

# 43. Kevin

Kevins Versuch, die Zeitung unterm Tisch zu verstecken, erregte erst recht Sorayas Aufmerksamkeit. Und so konnte er nicht verhindern, dass sie den Bericht über den Dackel las, den man in der Nähe des Bankräubers gesehen hatte.

Unbehaglich sah sie den Hund an. »Kevin, du hast vergeblich versucht, ihn loszuwerden. Du weißt, was du jetzt tun musst.«

Der Dackel knurrte. Kevin stellte sich kämpferisch vor ihn. »Auf gar keinen Fall wird Sonderbergh eingeschläfert!«

»Sonderbergh?« Soraya lächelte. »So wie der Arzt in deinen Romanen?«

»Lenk nicht ab! Der Hund bleibt!«

»Er wird überhaupt nichts merken.«

»Dann schläfer du ihn doch ein!«, rief Kevin.

Er erschrak über sich selbst. Wenn Soraya nun darauf einging? Immerhin hatte der Dackel sie angepinkelt. Und besprungen. Und fast unters Sofa gekackt.

Doch seine Freundin hatte auch diesmal eine Überraschung für ihn parat. »Hast ja recht. Er mag dick und neurotisch sein, aber er ist kerngesund, wir können ihn nicht einfach einschläfern. Wir müssen aber dringend etwas unternehmen, damit er niemanden auf unsere Spur bringen kann.«

Sie runzelte ihre entzückende Stirn. Kevin hielt den Atem an. Nach einer Weile nahm Soraya einen letzten Schluck Kaffee und stand auf. »Ich fahre schnell in den

Salon und besorge ein paar Sachen. Und du gehst inzwischen mit dem Hund raus.«

Sie sah erst Kevin und dann Sonderbergh streng an. »Ihr beide werdet so lange Stöckchen holen und rumtoben, bis dieser Hund völlig am Ende ist. Bei dem, was ich mit ihm vorhabe, kann ich keine Gegenwehr brauchen. Haben wir uns verstanden?«

Kevin widerstand dem Impuls, eine Hand an die Schläfe zu legen und »Aye, aye, Sir!« zu rufen.

Kaum war Soraya zur Tür hinaus, da befestigte Kevin die Leine an dem Halsband des Dackels.«Komm, Sonderbergh, Sport ist angesagt.« Der Hund blickte ihn fragend an.

»Ich weiß auch nicht, was Soraya vorhat«, meinte Kevin. Die Bilder, die in seinem Kopf herumspukten, reichten von einer Kahlrasur bis zur Gesichtstransplantation, mit der John Travolta im Film »Im Körper des Feindes – Face/Off« in Nicolas Cage verwandelt worden war und umgekehrt. Aber so schlimm würde es sicher nicht werden. Soraya war schließlich keine verrückte Wissenschaftlerin.

Kevin und der Dackel legten einen Sprint zum Rheinufer hin. »Schon mal ein guter Anfang«, keuchte Kevin, die Hände auf die Oberschenkel gestützt. Sonderbergh war noch kein bisschen erschöpft, also begann Kevin mit dem Stöckchenwerfen. Erst als er seinen Arm kaum mehr heben konnte, schlug er dem freudig um ihn herumtänzelnden Hund vor, sich mal eine Weile selbst zu beschäftigen.

Sonderbergh sah zu ihm hoch, dann blickte er sich am Wasser um, wo er einen spindeldürren Windhund entdeckte. Der Dackel raste los, so schnell ihn seine kurzen Beine trugen. Das Frauchen des Windhundes wedelte hektisch mit den Armen, mit einem so entsetzten

Blick, als müsste sie einen heranrasenden Zug aufhalten. Kevin rannte los.

Aber der Dackel hatte den Windhund schon erreicht und sprang mit Anlauf auf ihn drauf. Es dauerte einige nervenaufreibende Minuten, bis Kevin dem Dackel endlich die Leine anlegen konnte. Die Frau wollte sich überhaupt nicht beruhigen. Kevin hörte sie noch schimpfen, als sie schon außer Sichtweite war.

Danach wagte er es nicht mehr, Sonderberghs Leine zu lösen. Was bedeutete, dass er zusammen mit dem ausdauernden Dackel hinter jedem Eichhörnchen herlaufen, ihm zu jedem Hundehaufen folgen und ungefähr ein Dutzend Mal ein kräftezehrendes Tauziehen mit ihm veranstalten musste, wenn er sich einen neuen Hund als Objekt seiner Begierde ausgesucht hatte.

Zwei Stunden später schlurfte Kevin, den erschöpften Dackel hinter sich herschleifend, nach Hause.

»Da seid ihr ja endlich!«, rief Soraya. Kevin brach auf dem Sofa zusammen, der Hund davor.

»Sehr gut«, meinte Soraya. Falls sie danach noch etwas sagte, bekam das keiner der beiden mehr mit.

Kurz darauf sprang die Ofentür auf. Kevin wollte sie schließen, aber das war unmöglich: In einem steten Strom quollen Geldscheine heraus. Es wurden immer mehr, bald schon bedeckten sie den Boden des Zimmers. »Aufhören!«, rief Kevin, »das muss aufhören!« Doch die Scheine fluteten weiter in den Raum.

Und plötzlich stiegen Menschen aus den Scheinen.

Hatte es die nicht nur auf den alten D-Mark-Scheinen gegeben? Er erkannte Gauß und Clara Schumann, und da war noch jemand, der aussah wie Dieter Bohlen. Dann verwandelten sie sich alle in Dr. von Sonderbergh.

Einer der geklonten Ärzte legte Kevin eine Hand auf den Arm und lächelte sanft. »Du willst, dass das aufhört, Kevin?« Kevin starrte ihn entgeistert an. Dann nickte er.

»Du hast es selbst in der Hand, mein Junge. Und in deinem Herzen weißt du das auch. Alles, was du tun musst, ist grrrr, grrrr …«

»Was? Was muss ich tun?«, rief Kevin. Doch Dr. von Sonderbergh brachte nur noch unverständliche Laute hervor. Und vor Kevins Augen verwandelte er sich erneut, diesmal in eine Zwergziege. Eine blonde Zwergziege, deren Fell – mit pinken Luftschlangen garniert – wie eine Schleppe über den Boden schleifte. »Wuff! Wuff!«, machte die Ziege, und da wurde Kevin klar, dass sie eigentlich ein Dackel war.

Das musste ein Traum sein, ein völlig abgefahrener Traum. Mit aller Kraft konzentrierte Kevin sich darauf, aufzuwachen.

Er schlug die Augen auf. Und blickte in das grimmige Gesicht einer blonden Zwergziege.

»Na, was sagst du?«, fragte Soraya stolz. »Nicht wiederzuerkennen, oder?«

»Was hast du getan?!« Der Geruch von Chemikalien brachte Kevin zum Husten.

»Ich habe den Hund blondiert und ihm Extensions gemacht. Das war ganz schön knifflig. Dieses Tier hat unglaublich dünnes Haar.« Sie packte Tuben, Pinsel und irgendwelche geheimen Friseurwerkzeuge in eine Kiste, während Kevin nach Worten suchte.

»Ja, das ist … du hast …« Er setzte neu an. »Das ist eine wirklich beeindruckende Arbeit. Aber meinst du nicht, dass es ein wenig … Oh Gott, du hast ihn aufgetakelt wie eine Drag-Queen! Jetzt wird sich jeder auf der Straße nach ihm umdrehen! Wie …« Die Stimme versagte ihm.

Soraya lächelte zufrieden. »Das ist ja das Geniale daran«, erklärte sie Kevin. »Wenn jemand, zum Beispiel ein gesuchter Bankräuber, einen Hund verstecken wollte – meinst du, er würde ihn ausstaffieren wie Kim Kardashian?«

Kevin musste zugeben, dass da etwas dran war. Er hoffte nur, dass das alles bald vorbei war. Dass Soraya und er in Belgien ein neues Leben anfangen konnten. Weit weg von Friseursalons und pinken Extensions.

Er betrachtete das blonde Fellmonster. Es kaute enthusiastisch an einem Stück Teewurst, das Soraya ihm für seine Tapferkeit spendiert hatte.

»Fängt deine Schicht nicht gleich an?«

»Verdammt!« Kevin sprang auf und stöhnte sogleich vor Schmerz. Keine Eichhörnchenjagden in den nächsten Tagen.

Soraya befestigte die Hundeleine an Sonderberghs Halsband. »Dann viel Spaß, ihr beiden!«

# 44. Darth Vader

Wursthose läuft mit mir zu einer riesigen Pfütze. Dann jagt er Baumratten wie ein richtiger Hund.

Das ist anstrengend. Darum schlafen wir in Wursthoses Hütte. Ich träume vom Menschenbaum. Er zupft an mir herum und wirft mir ein gelbes Fell über.

Danach fahren Wursthose und ich in meinen Park. Das gelbe Fell stört beim Laufen. Aber alle Hunde wollen an mir schnüffeln und auf mich draufspringen. Das ist toll.

Die Flieder-Frau ist im Park. Ich habe gern bei ihr gewohnt. Aber sie hat keine Wurst dabei. Ich bleibe lieber bei Wursthose.

# 45. Annika

Sollte sie sich bei Karim Schulz entschuldigen?

Aber der Mann am Telefon hatte völlig anders geklungen und war viel selbstbewusster gewesen als der schwitzende Jüngling, den sie kannte. Andererseits: Am Telefon wirkten viele Menschen souveräner als live.

Nein, dieser Schulz war definitiv falsch gewesen, er hatte lediglich die Aufgabe gehabt, sie abzuwimmeln. Weil dem echten Schulz ihre neuen Szenen nicht gefielen und er sich nicht traute, ihr das persönlich zu sagen.

Aber so konnte Annika das nicht stehen lassen. Sie musste Schulz sagen, was sie von seiner Hinhaltetaktik hielt. Vielleicht eine letzte SMS? Oder war ein direkter Anruf doch besser?

Annika riss sich von diesen fruchtlosen Gedanken los. Es gab ja noch andere wichtige Dinge. Zum Beispiel … Nein, an Daniel wollte sie jetzt ganz bestimmt nicht denken. *Darth Vader* zu finden, darum sollte sie sich kümmern.

Sie rief Jojo und Atze an und verabredete sich für den nächsten Morgen mit ihnen im Lieblingspark des Dackels. Sie würden von da aus alle Lieblingsorte von *Darcy* abklappern, andere Hundebesitzer befragen und noch ein paar Steckbriefe aufhängen.

Auf Jojos Frage, ob Daniel denn auch da sein werde, erwiderte Annika nach kurzem Zögern, sie würden zurzeit getrennt ermitteln.

»Ärger?«, fragte Jojo.

»Nichts Wichtiges.«

Kaum war das Gespräch beendet, als Annikas Handy klingelte. »Äh, guten Abend, Frau Conrad. Ich, äh, Schulz hier.«

Das war der Schulz, den Annika kannte! Na, dem würde sie was erzählen! »Schön, dass Sie sich endlich melden, Herr Schulz.« Hoffentlich entging ihm der eiskalte Klang ihrer Stimme nicht. »Ich dachte schon, Sie hätten meine Nachrichten nicht bekommen.«

»Ich habe … äh … Entschuldigen Sie, es war so viel zu tun.«

Annika konnte förmlich hören, wie er schwitzte. »Kein Problem«, sagte sie scharf. »Hatten Sie denn schon Gelegenheit, sich die neuen Szenen anzuschauen?« Sie hielt den Atem an. Gleich würde sie ihn ungehemmt beschimpfen können. Aber da sagte Schulz etwas, das sie völlig aus ihrem Rachekonzept brachte: »Die Szenen …

144

ja, die gefallen mir sehr gut. Wir sollten uns noch einmal treffen.«

Annika war sprachlos.

*Er steht auf dich*, meinte ihre innere Stimme.

*Auf meine Szenen*, erwiderte Annika.

*Wenn du meinst …*

Sie verabredeten sich für den übernächsten Tag in einem Café. Annika bot zwar an, zur Produktionsfirma zu kommen – sie wäre auch zum Mond geflogen, wenn sie so ihr Drehbuch verkaufen konnte –, aber Schulz bestand auf einem Treffen an einem öffentlichen Ort.

»Das ist auf jeden Fall sicherer«, scherzte Annika.

*Du erinnerst dich daran, was mit seinen Pickeln passiert, wenn du sarkastisch wirst?*

Annika verzog das Gesicht.

»Sie, äh«, stotterte Schulz, »ich würde Ihnen doch nie …«

*Aber* sie *könnte* dir *etwas antun*, meinte ihre innere Stimme.

»Das war nur ein Scherz«, sagte Annika.

*Sein Lachen klingt ein wenig gequält, oder?*

*Klappe!*

# Tag 6

*Pimp your Dackel*

# 46. Annika

Annika war zum ersten Mal im Park beim Lellis-Krankenhaus, aber sicher nicht zum letzten Mal. Eichhörnchen flitzten die alten Buchen und Ulmen hinauf und hinunter, überall spross saftiges grünes Gras, durchsetzt mit Maiglöckchen und blau leuchtenden Vergissmeinnicht, und Hunde sprangen fröhlich durchs Gras und aufeinander drauf.

Jojo und Atze kamen den Weg entlang. Sie hatten einander kaum begrüßt, als Annika jemanden sagen hörte: »Guten Morgen zusammen.«

Sie fuhr herum. »Was willst *du* denn hier?«

»Ich habe Daniel angerufen«, sagte Jojo. »Schließlich haben wir euch beide als Detektive angeheuert. Vier Augen sehen mehr als zwei und so.«

»Genau«, pflichtete Atze ihr bei, »und jede Münze hat zwei Seiten.« Die anderen sahen ihn verständnislos an. »Is ja auch egal«, meinte Atze. »Getz sind wir alle hier, da sollten wir endlich anfangen. – Also, dieser Park ist *Darcys* absoluter Lieblingsplatz.«

»Ich war gestern schon mal kurz hier, und ihr glaubt nicht, was ich da gesehen habe!«, erzählte Jojo. »Ich glaube, es war ein Hund, auch wenn man das unter dem bodenlangen gelben Fell kaum erkennen konnte. Und pinke Strähnchen hatte der! Kein Wunder, dass er versucht hat, sich zu verstecken.« Ihre Stimme wurde leiser. »Irgendwie hat mich das an *Darcy* erinnert.«

Atze legte ihr einen tätowierten Arm um die Schulter. »Wir finden ihn, Mäusebärken, ganz bestimmt. – Also, watt machen wir als Erstes?«

»Am besten schwärmen wir aus und befragen die anderen Hundebesitzer«, schlug Annika vor. Sie wollte weg von Daniel und endlich etwas unternehmen. Seine Gegenwart machte sie nervös, und das wiederum machte sie wütend.

Daniel unternahm einen halbherzigen Versuch, sie anzusprechen, aber sie ignorierte ihn und lief auf einen alten Mann mit einem apathischen Pudel zu.

Als sie alle wieder zusammenkamen, waren sie nicht viel weitergekommen. Mehrere Hundebesitzer meinten zwar, sie hätten den Dackel schon öfter gesehen. Aber wie lange das her war, konnte keiner von ihnen sagen. Für den blonden Hund mit den pinken Strähnen hingegen hätte Annika ein minutengenaues Protokoll erstellen können: 11:48 Uhr Park mit Herrchen betreten, 11:51 Uhr an dritter Buche links vom Klettergerüst geschnuppert …

Mit der Straßenbahn ging es zu *Darth Vaders* nächstem Lieblingsplatz. Daniel wollte sich neben Annika setzen, aber die drängte sich an Atze vorbei auf den Platz neben Jojo. »Du kannst ihn nicht ewig ignorieren«, raunte Jojo ihr zu. »Auch wenn ich nicht weiß, was er getan hat: Der arme Mann hat genug gelitten. Sieh ihn dir doch nur an!«

Daniel sah wirklich schlecht aus, übermüdet und angespannt. Aber noch war Annika nicht bereit, ihm die »dahergelaufene Kitschromanautorin« zu verzeihen. Konnte er sich nicht einfach bei ihr entschuldigen?

Die nächste Station ihrer Suche war eine verlassene Bauruine unweit der Straße, in der Jojo und Atze wohnten. »Hier hat er am liebsten sein Geschäft verrichtet«, meinte Jojo wehmütig. »Allein und unbeobachtet.«

»Dann wollen wir mal nach Spuren suchen«, sagte Annika.

»Watt für Spuren denn?«, fragte Atze.

»Was wohl: frische Hundehaufen«, sagte Jojo.

»Und woran erkenn ich, datt die frisch sind? Nee, warte, datt will ich gar nich wissen!«

Die anderen machten sich halbherzig auf die Suche, aber obwohl sie den einen oder anderen noch feuchten Haufen fanden, konnte selbst sein Frauchen nicht sagen, ob sie von *Darth Vader* stammten oder von irgendeinem anderen Hund. Da sie auch niemanden dort antrafen, den sie hätten befragen können, verließen sie die Ruine unverrichteter Dinge und suchten den letzten Lieblingsort des Dackels auf: die Metzgerei Seelheim.

Der erstaunlich hagere Metzger begrüßte Atze wie einen alten Freund. »Na, endlich mal wieder ′n anständiges Stück Teewurst holen? – Wo ist denn euer Hund?«

Wie sich herausstellte, hatte der Metzger *Darth Vader* seit einer Woche nicht mehr gesehen. »Wenn er in der Nähe gewesen wäre, das hätte ich gemerkt.« Er lächelte verschmitzt. »Sobald sich dieser Hund mit einem Stück Teewurst im selben Viertel befindet, kriegt man das ja notgedrungen mit.«

Vor der Metzgerei sagte Jojo: »Hier hat das übrigens alles angefangen mit *Darcys* Teewurstsucht.«

»Guck mich nich so an«, meinte Atze. »Nur weil ich hin und wieder mal ′n Stücksken Teewurst verputze, kann ich doch nix dafür, wenn der Hund da abhängig von wird!«

Kurz sah es aus, als würden die beiden einen Streit

vom Zaun brechen. Doch dann lenkte Jojo ein. »Hast ja recht.«

Auch wenn sie Probleme hatten: Die beiden sprachen wenigstens miteinander. Annika schaute verstohlen zu Daniel hinüber, der auf seine Uhr sah.

*Jetzt mach schon, rede mit ihm!* Ihre innere Stimme klang genervt.

»Du, ich …«, begann Annika, aber da packte Atze Daniels Handgelenk und rief: »Das glaub ich getz nich! 'ne Calatrava! Wo haste die denn her? – Datt is 'ne sündhaft teure Uhr, auch wennse nach nix aussieht«, erklärte er den Frauen. »Junge! Endlich mal watt anderes als der Schrott, den ich immer …« Er brach ab und schaute zu Jojo hinüber, aber die hörte gar nicht zu.

Er betrachtete Daniels Uhr wie eine Offenbarung. »Also, sach schon, wo haste die her?«

# 47. Daniel

Daniel wäre schon den ganzen Morgen über gern an einem beliebigen anderen Ort gewesen. Außer in *Il Serpentes* Chalet natürlich.

Annika strafte ihn mit Verachtung und ging ihm aus dem Weg. Dabei wollte er sich doch nur entschuldigen und ihr Auf Wiedersehen sagen. Und jetzt hatte ihn auch noch Atze mit seinem Wissen über Uhren in die Enge getrieben.

Daniel räusperte sich. »Die war ein Geschenk. Von … meiner Großmutter. Woher sie die Uhr hatte, weiß ich leider nicht. Ich glaube, ihr war nie klar, wie kostbar …«

»So um die fünfzehntausend, schätz ich mal«, sagte Atze hingerissen.

Merde, er kannte sich wirklich gut aus!

»Ich betrachte sie als meine Altersversicherung.« Daniel fand, dass sein Lachen fast echt klang. Atze schlug ihm grinsend auf die Schulter.

Annika hingegen zog die Stirn kraus. Aber das mochte daran liegen, dass sie ihn wegen der »Kitschromanautorin« immer noch hasste. Er musste das ein für alle Mal ausräumen! Inzwischen war es ihm auch gleichgültig, was sie in diesem Club in Meschenich trieb. Tief in seinem Innern wusste er, dass sie ein guter Mensch war. Und reizend dazu. Und witzig. Und ihre …

Daniel rief sich zur Ordnung. Was auch immer er ihr sagen wollte: Er musste es schnell tun. *Il Serpentes* Handlanger wussten ja bereits, wo er wohnte.

»Na gut«, meinte Jojo, »heute kommen wir wohl nicht mehr weiter. Wir gucken zu Hause noch mal ins Internet, und ich mache meine täglichen Anrufe bei den Tierheimen.« Sie seufzte. »Ich wünschte nur, Darcy wäre etwas auffälliger, dann würde das alles schneller gehen.«

»Ich fahre nachher noch in den Club«, sagte Annika. »Danach kümmere ich mich um …« Sie hielt inne. »Auffälliger? Sag mal, Jojo, dieser aufgetakelte Hund, von dem im Park alle geredet haben: Was genau an ihm hat dich an *Darcy* erinnert?«

»Er hat sich hinter einen Baum verzogen, um sein Geschäft zu machen. Hat natürlich nichts genutzt. Sein buntes Fell hat durch die Äste geleuchtet wie eine riesige gelbe Picknickdecke.«

Annika sah Daniel mit aufgerissenen Augen an, und ihn durchfuhr es wie ein Blitz. Konnte das möglich sein? Aber wer würde so etwas tun? Das war doch schlichtweg verrückt!

Aber es war eine Spur, und ein guter Detektiv würde ihr nachgehen. Er nickte Annika verschwörerisch zu. Sie legte den Finger an die Lippen. Daniel nickte erneut. Wenn sie Jojo und Atze von diesem Verdacht erzählten, machten sie ihnen vermutlich nur falsche Hoffnungen.

»Et gibt schon echt gestörte Hunde«, meinte Atze, und Jojo stimmte ihm zu.

»Ach, Annika«, sagte Jojo, »wo du eben über den Club gesprochen hast: Kann ich mitkommen? Ich würde gern …«, sie warf Atze einen verstohlenen Blick zu, »… noch was mit euch besprechen.«

»Watt willste denn mit den Kindern besprechen?«, fragte Atze.

»Äh, ich würde als Nächstes gern eine Qualle häkeln. Da brauche ich dringend Hilfe.«

Ein Häkelclub?! Annika betrieb einen Häkelclub? Mit den Jugendlichen vom Kölnberg?

Atze schlug Daniel auf den Rücken. »Watt is los? Du siehst aus, als hätteste 'nen Geist gesehen.«

»Ihr häkelt in diesem Club?!«

»Wusstest du das nicht?« Jojo blickte kopfschüttelnd zwischen Daniel und Annika hin und her. »Also, das ist schon toll, wie Annika da mit den Kids arbeitet. Hält sie von den Gangs fern und so. – Und häkeln können die, das glaubst du nicht«, fügte sie wehmütig hinzu.

Daniel starrte sie an, dann sah er zu Annika hinüber. Sie lächelte.

Ein gewaltiger Felsbrocken löste sich von seinem Herzen, polterte zu Boden und riss Daniel fast um. »Das ist ja fantastisch!«, rief er. »Großartig! Wie wunderbar!« Er lief zu ihr und hätte sie beinahe umarmt.

»Na also«, meinte Atze zufrieden. Daniel wich vor Annika zurück, als hätte sie die Beulenpest. Was war denn nur in ihn gefahren?

Sie verdrehte die Augen. »Wir sollten mal reden.«

»Da vorne um die Ecke ist ein nettes Café«, meinte Jojo. »Wir bringen euch hin.«

# 48. Annika

---

**»Ein Klonkrieger kommt selten allein«**

Die skandalträchtige *Star-Wars*-Oper
Inszenierung: Hieronymus Karl

ab 18. Mai (Premiere)

**»In die Oper gehen du musst!«**

---

Atze deutete auf das Plakat, das an der Eingangstür zum Café hing. »Für die Premiere hab ich 'nen Haufen Karten besorgt. Wie wär's, wollt ihr mit?«

»Superidee!«, sagte Jojo und dann strenger: »Aber das ist das letzte Mal, Atze!« Der seufzte, aber er lächelte dabei.

Annika sah sich das Plakat näher an. »Das ist doch Ey! Ich meine, der Typ aus der Straßenbahn, der kein Ticket hatte!« Sie winkte Daniel heran. »Erinnerst du dich an den?«

Er stellte sich dicht neben sie, las, nickte dann.

*Huh, ist das plötzlich heiß hier!*, hauchte Annikas innere Stimme.

Annika rückte von Daniel ab. Bestimmt zehn Zentimeter.

»Ich würde sehr gern mitkommen«, sagte er leise.

In Annikas Magen flatterte irgendwas herum. Doch nicht etwa die Schmetterlinge, die sie ständig in ihren Romanen bemühte?

»Aber am 18. Mai werde ich nicht mehr … nicht hier sein.«

Die Schmetterlinge verwandelten sich in Raupen, die sich in einem Riesenklumpen in ihrem Magen wanden. Er konnte nicht mit in die Oper – oder wollte er vielleicht nicht? Lag es an ihr? Aber wie sollte sie dann seine Begeisterung über ihren Häkelclub einordnen? Und diese Beinahe-Umarm-Aktion? Oder hatte ihn *Il Serpente* aufgestöbert? Dann würde sie Daniel wahrscheinlich nie wiedersehen!

»Ich halt einfach 'ne Karte für dich zurück«, sagte Atze. »Vielleicht kannste ja doch noch.« Daniel schüttelte bedauernd den Kopf.

Annika bekam kaum mit, dass Jojo und Atze sich von ihnen verabschiedeten. Daniel hielt ihr die Tür auf, und sie betrat das Café. Mit dem festen Vorsatz, nicht lockerzulassen, bis sie mehr über diesen Mann erfahren hatte. Auch wenn das bedeutete, dass sie ebenfalls einige Karten auf den Tisch legen musste.

»Zuerst einmal«, sagte Daniel, kaum dass sie sich gesetzt hatten, »möchte ich mich bei dir entschuldigen. Was ich da gesagt habe, war unentschuldbar. Ich hoffe dennoch, dass du mir verzeihen kannst.« Er blickte sie fragend an.

*Diese Augen!* Ihre innere Stimme war hingerissen. *Dem würde ich alles verzeihen.*

*Ich nicht*, erwiderte Annika eine Spur zu barsch. Aber tatsächlich war mit Daniels Entschuldigung ihr Ärger verloschen wie ein Lagerfeuer in einem Tsunami. »Ich war vielleicht auch nicht unbedingt sehr nett zu dir. Also, vergessen wir das Ganze, okay? Aber wenn wir weiter zusammen … arbeiten wollen …«

»… sollten wir uns besser kennenlernen«, vervollständigte Daniel ihren Satz.

*Na also, geht doch*, triumphierte die innere Stimme.

»Was Sie ebenfalls unbedingt kennenlernen sollten«, wie aus dem Nichts hatte sich ein kleiner, agiler Kellner neben ihrem Tisch materialisiert, »sind unsere Rhabarbertörtchen. Ein Gedicht aus zartem Obst und fluffiger Tonkabohnencreme!« Die Begeisterung für die Törtchen strahlte ihm aus allen Knopflöchern. Sie erlosch jedoch, als Annika und Daniel gestanden, dass sie beide keinen Rhabarber mochten. Nicht mehr ganz so enthusiastisch legte er ihnen daraufhin die Mokkaschnitten mit Cranberrys ans Herz. Sie stimmten zu und bestellten dazu Cappuccino.

»Also, wo wollen wir anfangen?« Daniels Finger spielten mit dem Zuckerstreuer.

*Flucht nach vorn, sonst wird das nichts*, riet Annikas innere Stimme.

»Wenn du willst, fange ich an. Frag einfach, was du wissen willst.«

Daniel war seine Erleichterung anzusehen. »In Ordnung.«

Der Kellner schwebte mit einem Tablett herbei. »In Ordnung? Nein, diese Mokkaschnitten sind nicht nur in Ordnung, sie sind wahrhaft himmlisch! Genießen Sie diese unvergleichlichen Kunstwerke lokaler Backkunst!«

Annika prustete los. Der Kellner wirkte verletzt, doch Daniel beruhigte ihn: »Das hat nicht das Geringste mit

Ihren Törtchen zu tun. Wir haben uns nur eben über einen Witz unterhalten.« Annika lachte lauter, sie konnte nichts dagegen tun.

Ganz offensichtlich glaubte der Kellner Daniel nicht. »Lassen Sie mich doch daran teilhaben! Einen guten Witz höre ich immer gern.«

»Nun gut. Es geht um einen Mann, der dringend urinieren muss.« Annika quietschte vor Lachen, während Daniel mit unerschütterlicher Miene den kompletten Witz erzählte, und auch nach der grottenschlechten Schlusspointe konnte sie nicht aufhören.

»Muster, aha.« Der Kellner rang sich ein schwaches Lächeln ab. »Muss ich mir merken.« Und damit schwebte er von dannen.

»Das ist wirklich einer der miesesten Witze, die je erfunden wurden.« Annika wischte sich Lachtränen aus den Augen.

»Er wurde ja auch unter Zeitdruck entwickelt.« Daniel lächelte, dann wurde er ernst. »Also, meine erste Frage: Warum hast du mich tatsächlich verfolgt, nachdem wir uns in der Bahn kennengelernt hatten?«

»Du weißt ja, dass ich Schriftstellerin bin«, sagte Annika. »Und außer ›schlimmen Kitschromanen‹ möchte ich in Zukunft auch Drehbücher schreiben.« Sie erzählte ihm die Geschichte mit Karim Schulz in allen peinlichen Einzelheiten und brachte Daniel damit mehr als einmal zum Lachen.

*Mach weiter!*, forderte ihre innere Stimme, *wenn er lacht, ist er noch unwiderstehlicher!*

*»Unwiderstehlich« kann man nicht steigern.*

Danach war Annika mit einer Frage dran. »Woher hast du damals in der Bahn gewusst, dass ich ein Monatsticket hatte?«

Daniel räusperte sich. »Also, ohne Umschweife: Mein

Vater war brutal und unberechenbar. Als Kind musste ich lernen, die Anzeichen seiner Wutausbrüche rechtzeitig zu lesen, bevor er zuschlagen konnte. Ich bin recht gut darin, körpersprachliche Signale zu interpretieren.«

Annika nickte mitfühlend. Das kannte sie aus eigener Erfahrung. »Okay, dass du den Leuten ansehen kannst, ob sie eine Fahrkarte haben oder nicht, das verstehe ich ja noch. Aber es erklärt nicht, wie du wissen konntest, dass ich ein Monatsticket habe!«

Ein Lächeln huschte über Daniels Gesicht. »Ich habe geraten.«

»Und wenn ich keins gehabt hätte?«

»So, wie du diesen Regisseur angesehen hast, war ich mir sicher, dass du das auf keinen Fall zugeben würdest.«

Annika lachte. »Stimmt. – Du bist dran.«

Daniel nahm einen Schluck von seinem Kaffee. »Warum musste es ausgerechnet eine Häkelgruppe sein? Du könntest mit den Jugendlichen doch auch Sport machen oder Theater spielen oder so etwas.«

Annika überlegte kurz, sich irgendwie herauszureden. Aber das hatte Daniel nicht verdient. »Ich habe mit vierzehn häkeln gelernt. Im Jugendarrest. Das hat mich gerettet. Ich wäre sonst durchgedreht.« Weil sie schreckliche Angst um Tom hatte, aber das sagte sie nicht. Sie wollte nicht vor Daniel in Tränen ausbrechen.

Also schnell weiter. »Und warum bist du auf der Flucht vor diesem *Il Serpente*?«

Zuerst sah es so aus, als wollte Daniel nicht darauf antworten. Als er es doch tat, traf es Annika ohne Vorwarnung. »Er hat meine Mutter umgebracht«, sagte er mit unbewegter Miene. »Und ich weiß einiges über seine kriminellen Geschäfte. An dem Tag, an dem ich Beweise dafür finde …« Er hatte die Hände so fest ineinander verschränkt, dass sie weiß wirkten. »Solange ich lebe, bin ich eine Gefahr für ihn.«

Was konnte man darauf sagen? Dafür gab es keine Worte. Annika versuchte es trotzdem. »Scheiße! Das tut mir schrecklich leid. Du …«

Daniel schüttelte den Kopf. »Schon gut. Man kann sich an fast alles gewöhnen. Auch daran, sich ständig zu verstecken, während man einen Mörder jagt.«

Das war eine offensichtliche Lüge, aber Annika hätte sich lieber die Zunge abgebissen, als es laut auszusprechen. Sie räusperte sich. »Dann bist du wieder dran.«

Er fragte, was es mit dem *Ocean Club* auf sich habe. Annika erzählte freimütig, dass sie die Kids mit dem Häkelprojekt dazu bringen wolle, sich ohne Gewalt miteinander auseinanderzusetzen. Und dass sie hoffte, sie von den Gangs fernhalten zu können, die das Viertel beherrschten.

Warum sie das tat, verriet sie Daniel jedoch nicht, und er fragte auch nicht danach. Aber etwas anderes wollte er noch wissen. »Dieser Schiller …«, er sah ihr tief in die Augen, »… du weißt doch, dass der Mann gefährlich ist?«

Annika hätte fast gelacht, wenn ihr nicht plötzlich zum Weinen zumute gewesen wäre. »Ja, er ist gefährlich. Aber nicht für mich.« Sie schluckte. »Er ist mein kleiner Bruder. Ich … er …«

»Schon gut.« Daniel legte seine Hand auf ihre. Annika hörte auf zu atmen. »Ich glaube«, sagte der Mann, *der ihre Hand hielt!*, »wir haben genug schlafende Hunde geweckt für ein erstes … Gespräch.« Annika schaffte es, zu nicken.

*Date! Er wollte eigentlich »Date« sagen!!!* Annikas innere Stimme überschlug sich.

*Schönes Date*, meinte Annika, *bei dem man gruselige Familiengeschichten austauscht.*

Daniel und sie stocherten jeder in seinem Mokkatörtchen, ohne zu essen.

*Sag was!*, drängte Annikas innere Stimme. *Oder soll das hier als traurigstes Date ever in die Geschichte eingehen?*

*Das ist kein Date!*

Aber traurig war es wirklich.

Plötzlich hatte Annika eine Eingebung. Sie winkte den Kellner herbei, der entsetzt auf das Mokkatörtchen-Massaker auf ihrem Teller starrte. Wortlos räumte er den Teller ab, und man sah ihm an, wie viel Beherrschung es ihn kostete, zu fragen, ob die Herrschaften noch etwas wünschten.

»Ich hätte gern einen Apéro«, sagte Annika. »Einen Hugo, bitte.«

»Verzeihung?«, sagte der Kellner in einem Ton, der deutlich machte, dass nicht *er* derjenige war, der sich entschuldigen sollte. »Wünscht die Dame nun einen Aperol oder einen Hugo?«

»Einen Hugo.« Daniel lächelte jetzt. »Die Dame kommt aus der Schweiz. Und ich hätte gern ein Kölsch.« Der Kellner schnaubte und verschwand.

Danach unterhielten sie sich nur noch über Belanglosigkeiten: Musik, Serien, sogar über *Star Wars*. Und irgendwann überraschte Daniel Annika mit der Frage, ob sie allein wohne.

*Strike!*, rief ihre innere Stimme.

Annika berichtete von ihrer winzigen Wohnung und wollte gerade auch Daniel unauffällig nach eventuellen Mitbewohnern aushorchen, als ihr Handy klingelte. Es war Schulz. Er stotterte herum, und so dauerte es ein wenig, bis er mit seinem Anliegen herausrückte: Er wollte ihr Treffen um einen Tag nach hinten verschieben, ob das irgendwie möglich sei?

Annika sah Daniel entschuldigend an. Er lächelte, dann nahm er ebenfalls sein Handy zur Hand.

Seine Miene verfinsterte sich. Hastig legte er dreißig Euro auf den Tisch und stand auf.

»So machen wir es«, sagte Annika schnell und beendete das Gespräch mit Schulz.


# 49. Daniel

»Tut mir leid.« Daniel starrte auf die Anzeige seiner Überwachungs-App. Noch ein Einbruchsversuch. Es wurde langsam eng für ihn. »Ich muss weg.«

»So plötzlich?« Annika klang enttäuscht.

Am Morgen wäre Daniel noch darüber hinweggegangen, hätte sich ohne Erklärung aus dem Staub gemacht. Aber jetzt – alles hatte sich geändert. »Gestern hat jemand versucht, bei mir einzubrechen.«

»Die Schlange?«, flüsterte Annika.

»Ich vermute es. Und eben hat mir meine App einen neuen Einbruchsversuch gemeldet. Ich muss nachsehen, ob ich den Einbrecher noch erwischen kann, bevor …«

Annika griff nach ihrer Umhängetasche. »Ich komme mit.«

»Auf keinen Fall!«, sagte Daniel, viel zu laut. Ihr Kellner blickte kopfschüttelnd zu ihnen herüber. »Das ist viel zu gefährlich«, erklärte er leise.

Damit wollte Annika sich natürlich nicht abfinden. Aber Daniel würde nicht zulassen, dass *Il Serpente* auf sie aufmerksam wurde. »Ich rufe dich nachher an.«

»Wehe, wenn nicht.«

Erst als er draußen auf der Straße stand, wurde ihm bewusst, dass er ihr das Wichtigste nicht gesagt hatte: dass er Köln verlassen musste. Für immer.

In wenigen Tagen schon würde es keinen Daniel Meier mehr geben.

# 50. Annika

Erst als Daniel verschwunden war, fiel Annika ein, dass sie die wichtigste Frage gar nicht gestellt hatte: ob er die Stadt verlassen würde.

Aber eigentlich war das überflüssig. Wenn *Il Serpente* ihn gefunden hatte, dann blieb ihm kaum etwas anderes übrig. Und Annika würde ihn nie wiedersehen? Nein, das kam überhaupt nicht infrage!

Ihr Handy klingelte erneut. Was wollte Schulz denn jetzt noch?

»Ich weiß, du willst nicht mit mir reden, Jacky …«

»Ganz genau!«, blaffte Annika ihren Bruder an. »Und nenn mich nicht Jacky!«

Pause. Dann: »Ich würde nicht anrufen, wenn es nicht wichtig wäre. Dieser Daniel, du musst mir versprechen, dass du dich von dem fernhältst!«

Annika war so verblüfft über Toms flehenden Tonfall, dass sie ihm nicht gleich ins Wort fiel.

»Dass er vielleicht etwas mit *Il Serpente* zu tun hat, davon wolltest du bisher ja nichts hören. Aber jetzt sag mir mal: Wenn dein Daniel nichts zu verbergen hat, warum ist dann seine Wohnung verrammelt wie Fort Knox?«

Annika brauchte einen Moment, bevor sie begriff. Dann durchflutete sie ein Glücksgefühl wie ein supercremiger Milchshake. Aber sie musste sich vergewissern. »Woher weißt du das?!«, schrie sie ihren Bruder an.

»Ist das alles, was dich interessiert? Okay, vielleicht habe ich jemanden zu der Wohnung geschickt …«

Annika drückte ihn weg und wählte Daniels Nummer.

»Es ist gerade ungünstig«, flüsterte er. »Ich rufe dich später zurück.«

»Halt! Nicht auflegen!«, rief Annika, und es war ihr egal, dass alle im Café sich nach ihr umdrehten. »Diese Einbrecher, die kommen nicht von *Il Serpente*!«

# 51. Annika

Jojo stand schon vorm *Ocean Club*, zusammen mit PJ und Maria, als Annika ankam.

»Na, da ist aber jemand gut gelaunt! Das Gespräch mit Daniel ist gut gelaufen?«

Annika grinste. »Es war okay.«

»Ein Lover? Ich bin amazed«, ließ sich PJ vernehmen.

»Kein Lover!«

»Das ist noch nicht raus«, meinte Jojo. PJ und Maria nickten verständnisvoll. Annika verdrehte die Augen.

Als alle es sich in den Sesseln und Stühlen im Clubraum gemütlich gemacht hatten und etwas zu häkeln in den Händen hielten, fragte Annika wie immer, wer etwas besprechen wolle. Billy hatte Ärger mit seiner Mutter, und Sergej wollte seine Lehre abbrechen. Sie ließ die beiden erzählen, dann sammelten sie Ideen, was zu tun sei. Danach meldete Jojo sich zu Wort.

*INNEN. RAUM DER HÄKELGRUPPE IM OCEAN CLUB – TAG*

### JOJO
Also, erst mal: Danke, Leute, für euren Tipp! Ich hab Atze gesagt, dass ich Angst habe, dass er in den Knast muss. Und da hat er mir versprochen, dass er aufhört mit dem Scheiß! Aber solange er nichts anderes findet, was er tun kann …

### SERRA
Kenn ich. Ich wollte immer Waffenschieberin werden wie meine Oma, weil mir nichts Besseres eingefallen ist. Aber dann hat Billy irgendwann gesagt: »Ey, du bist doch ständig am Backen. Warum machste denn nicht 'ne Lehre als Tortenbastlerin oder wie das heißt?«

### BILLY
(*empört*) Ich weiß genau, wie das heißt. Kondi…Konditions…trainer. Nee, warte …

*Gelächter. BILLY wirft mit Wollknäueln um sich.*

### PJ
Was macht dein Alter denn am liebsten, Jojo?

### JOJO
Na ja, am liebsten vertickt er Uhren.

SERRA

Und was mag er besonders?

JOJO

Uhren?

SISSY

Dann könnte er doch Uhrmacher werden. Oder Uhrdesigner. So mit Gold und Glitzersteinchen und so.

DAVID

Irgendjemand muss ja auch diese Turmuhren reparieren. Da sollte er aber gut klettern können.

MARIA

Wächter in 'nem Uhrenmuseum, das wär krass! Jede Menge Uhren, aber 'n voll chilliger Job, und kannste auch noch die Besucher rumbossen.

DAVID

(*betrachtet die Seegurke, an der Jojo häkelt*) Und du, hast du inzwischen was gefunden, was du statt putzen machen kannst? Häkeln scheint ja nicht so dein Ding zu sein. Gibt es nicht irgendwas, das du immer schon mal machen wolltest?

JOJO

Schlagzeug spielen! Das wollte ich schon als Kind.

SERGEJ

Na, ob deinem Alten das besser gefällt als das Putzen …

## SERRA

Fuckin' geil! Da haste gleich ein paar Stöcke dabei, wennde mal jemand verkloppen musst.

## SERGEJ

Oder du putzt einfach bei anderen Leuten. Keiner beschwert sich, und kriegste auch noch Geld für. Aber mach's wie meine Ma, such dir nur reiche Typen aus.

## SISSY

(*skeptisch*) Ach ja? Was kennt deine Ma denn für reiche Typen?

## SERGEJ

Na zum Beispiel diesen Makler mit der Villa in Marienburg. Oder den Filmproduzenten …

## ANNIKA

(*merkt auf*) Weißt du zufällig, wie der Produzent heißt?

## SERGEJ

(*überlegt*) Schulz. Karim Schulz. Alter Knacker, aber zahlt gut.

## ANNIKA

(*aufgeregt*) Was meinst du mit »alt«?!

## SERGEJ

Na mindestens fünfzig. Oder siebzig. So um den Dreh.

## 52. Annika

Annikas Prioritäten für den Abend sahen so aus:

1. mit Daniel zusammen … irgendwas machen

2. mit einer Flasche Bier die Internetsuche nach *Darth Vader* fortsetzen

3. herausfinden, ob Sergej recht hatte

Punkt 1 stand leider nicht zur Debatte, weil Punkt 2 nicht warten konnte: Der Dackel war inzwischen schon fünf Tage verschwunden. Aber zuallererst musste sie Punkt 3 erledigen.

Fotos von Karim Schulz gab es im Netz nicht, das wusste sie ja schon. Aber wie sah es mit anderen Daten aus? Sie musste nicht lange suchen, dann hatte sie es: Karim Schulz' Geburtsdatum. Danach war der Produzent sechsundfünfzig Jahre alt.

*Oh, oh, der falsche Schulz sollte sich besser warm anziehen*, sagte ihre innere Stimme.

*Wenn ich mit dem fertig bin, weiß er nicht mehr, wo ihm der picklige Kopf steht*, erwiderte Annika grimmig.

*Das heißt aber auch, dass du am Telefon den echten Schulz beleidigt und angeschrien hast, stimmt's?*, meinte ihre innere Stimme genüsslich.

*Ich wüsste nicht, was dich das angeht.*

*Wie bitte?!*

Um den falschen Schulz würde sie sich kümmern, wenn er ihr gegenüberstand. Also weiter mit Priorität 2.

2a. Kölsch aus dem Kühlschrank holen.

2b. Seit Jojo von diesem komischen bunten Hund im Park erzählt hatte, ging er Annika nicht mehr aus dem Kopf. Vielleicht war Nicht-in-der-Öffentlichkeit-kacken-

Können ja ein bekanntes Dackelproblem, aber möglicherweise versteckte sich hinter dem gelben Fellknubbel auch *Darth Vader*.

Gab es so etwas wie Dackel-Styling? Annika versuchte am Rechner verschiedene Suchwortkombinationen, und bald schon hatte sie grausige Gewissheit.

Bislang hatte sie ja geglaubt, Strickpullover im Marinestil wären das Schlimmste, was jemand seinem Dackel antun konnte. Dicht gefolgt von Pudelmützen im Weihnachtsmann-Look. Aber weit gefehlt: Manche Hundebesitzer schreckten auch vor Entstellungen des Tieres selbst nicht zurück. Entsetzt klickte sich Annika durch Websites wie »100 Zöpfe für den langhaarigen Hund«, »Pimp your Dackel« und »Sausage Dogs go Catwalk«. Diese Bilder würde sie nie mehr aus dem Kopf bekommen.

Auf der Startseite von »Neonfell« fand sie ihn schließlich.

Annika schauderte. An dem Hund hatte sich jemand mit viel Farbe und einem kranken Humor ausgetobt. Dass es ein Dackel war, konnte man eigentlich nur noch am Kopf erkennen. Annika bewunderte seinen stoischen Gesichtsausdruck, angesichts des blonden Fells mit pinken Strähnen, das bis auf den Boden reichte.

Darunter stand: »Cooles Styling! Extensions?« Es folgten Kommentare wie »Jau, erstklassige Friseurleistung!«, »Übelste Tierquälerei! Der stolpert doch die ganze Zeit über die Dinger!«, »Sind das eigentlich Tape-Extensions oder Bondings?« und »Geil, wo krieg ich denn so was für meinen Chihuahua her?!«.

Annika brauchte eine neue Flasche Bier. Und sie musste telefonieren. Zeit für Priorität 1! Sie schickte Daniel den Link zu »Neonfell«. Keine Minute später rief er an.

»Ob das *Darcy* ist, weiß ich nicht.« Annika konnte ihn grinsen hören. »Aber eins ist gewiss: Diese Bilder bekomme ich nie mehr aus dem Kopf.«

*Genau das hast du auch gedacht!*, schwärmte Annikas innere Stimme. *Ihr vibriert voll auf derselben Wellenlänge!*

»So geht es mir auch«, sagte Annika. »Vielleicht ist es ja der Griff nach einem Strohhalm …«

*Oder nach einer Extension.*

»… aber das ist bisher unsere einzige Spur. Wenn auch nur die geringste Chance besteht, dass dieses Fellding *Darth Vader* ist, dann sollten wir das herausfinden. Ich hätte da auch schon eine Idee.«

»Wir stellen ihn auf die Probe!«, rief Daniel begeistert.

Die Einzelheiten waren schnell besprochen. *Darcy* bot ja ausreichend Ansatzpunkte für eingehende Persönlichkeitstests. Daniel würde Jojo und Atze anrufen, um sie über ihren Plan zu informieren. Und Annika rief Chantal an.

»Annika! Ich sterbe vor Neugier! Was ist mit diesem Daniel? Du musst mir alles erzählen. Gleich im ›Blues-Eck‹?«

Annika überlegte. Warum eigentlich nicht? Sie war viel zu aufgeregt, um an ihrem Drehbuch zu arbeiten. Oder an Dr. von Sonderberghs neuem Abenteuer.

»Okay. Aber du kannst schon mal überlegen, wie du deiner Schwester ihren Kinderwagen abluchst.«

»Ach, so weit ist es also schon mit euch? Und wann lerne ich deinen Helden endlich kennen?«

Annika lachte. »Morgen. Wenn du außer dem Kinderwagen auch noch das Baby von deiner Schwester mitbringst.«

»Was? Wie? Warum …?«

»Bis gleich!«

# Tag 7

*Die Windeln von Apollo 13*

## 53. Daniel

Weil Daniel nun wusste, dass nicht *Il Serpente* für die Einbruchsversuche verantwortlich war, sondern Annikas Bruder, schlief er zum ersten Mal seit Tagen tief und fest wie ein Baby.

Am nächsten Morgen schickte er Hermann eine Nachricht, bevor er das Haus verließ. Sein alter Leibwächter wartete sicher bereits auf eine Rückmeldung.

**Twitter**
@Haikunst
*Es war der Dichter*
*Und nicht die Anakonda*
*Kläglich gescheitert.*

Daniel bestellte gerade zehn Brötchen in der Bäckerei um die Ecke, als Hermanns Antwort eintraf.

**Twitter**
@Rupp_ich
*Du weißt, der warme*
*Tag ist's, der die Natter zeugt.*
*Heb dich bald hinfort!*

Daniel lächelte und antwortete, erneut in Shakespeare-Manier:

> **Twitter**
> @Haikurve
> *Ein jedes Ding muss*
> *Zeit zum Reifen haben, so*
> *Verweil ich denn hier.*

Auf seiner Fahrt zu Jojo und Atze kam keine Antwort mehr von Hermann. Es gab ja auch nichts mehr zu sagen. Daniel hatte unmissverständlich klargemacht, dass er Köln noch nicht verlassen würde.

Andere Haikuschreiber waren nicht so schweigsam.

> **Twitter**
> @Barde_45
> *Wer bei Shakespeare klaut*
> *Ist echt kein rechter Dichter!*
> *Denk dir selbst was aus!*

Daniel lachte nur, steckte das Handy ein und schaute aus dem Fenster der Bahn. Es war sonnig und warm, die Kastanien blühten, *Il Serpente* wusste nicht, wo er war – und gleich würde er Annika wiedersehen und mit ihr einen gestylten Dackel auf eine aberwitzige Probe stellen. Konnte das Leben noch schöner werden?

# 54. Annika

Atze öffnete Annika die Tür. »Komm rein, Jojo is schon am Schmieren dran.«

In der Küche standen Jojo und Daniel, vor sich auf dem Tisch einen Berg Brötchen, zwei Pakete Butter und eine Schüssel mit ausgedrückter Teewurst, die Annika an ein riesiges Hundehäufchen erinnerte.

*Passt doch*, kommentierte ihre innere Stimme.

»Schön, dass du da bist«, sagte Jojo.

»Finde ich auch.« Daniel lächelte.

*Dieses Lächeln! Ich schmelze dahin!*, seufzte Annikas innere Stimme. *Und sieh dir seine Unterarme an!*

*Jetzt reiß dich mal zusammen!* Annika nahm sich ein Messer und schmierte wild drauflos. Nur weil ein Kerl sich die Hemdsärmel hochkrempelte, würde sie doch nicht gleich die Fassung verlieren!

»Ich wünschte, ich könnte mitkommen.« Jojo schaute von Daniel zu Annika und fuchtelte dabei mit dem Brotmesser herum. »Ich meine, ich kenne *Darcy* doch am besten …«

»Wenn du das Messer weglegst«, sagte Daniel grinsend, »erkläre ich dir gern noch einmal, warum wir allein gehen müssen. Wenn *Darth Vader* dich erkennt, sucht er vielleicht bei dir Zuflucht und nicht bei dem Bankräuber. Und dann …«

»Jau!«, rief Atze aus dem Wohnzimmer. »Dann wird datt nix mit dem Finderlohn!«

Es klingelte an der Tür, und kurz darauf schob sich Chantal durch die Küchentür, vor sich einen kastenförmigen Albtraum in Pink und Rosa, aus dem ein fröhliches Quäken zu hören war.

»Das ist Denise«, sagte Chantal. »Und wie man hört, kann sie es kaum erwarten, den gelben Dackel zu sehen.«

»Chantal – Jojo – Daniel«, stellte Annika vor. Chantal schob sich neben sie, griff nach einem Brötchen und raunte, ein wenig zu laut: »Heißer Typ!«

Jojo kicherte, Daniel schmunzelte. Atze richtete sich

auf und drückte die Brust raus, was bei Jojo einen Lach-anfall auslöste.

»Watt denn!«, sagte Atze. »Findeste mich etwa nich heiß, Schnubbelmäusken?«

»Heiß wie 'ne Feuerzangenbowle«, versicherte Jojo ihm. »Bist du eigentlich fertig mit dem Peilsender?«

»So gut wie.« Atze verzog sich ins Wohnzimmer. Be-vor die Diskussion um den »heißen Typen« wieder auf-flammen konnte, sagte Annika: »Das ist wirklich super, dass deine Schwester uns ihr Kind leiht.«

Chantal kicherte und biss in ihr Brötchen. »Oh, das war kein Problem. Sie war nur enttäuscht, dass ich sie nicht gleich für ein paar Tage nehmen wollte.«

Kurz darauf waren alle Brötchen geschmiert und in Annikas Rucksack verstaut. Daniel und Chantal wu-schen sich penibel die Hände, damit selbst eine sensible Dackelnase keine Teewurst mehr an ihnen riechen konn-te. Dann überreichte Atze Annika den Peilsender, als wäre er ein rohes Ei.

»Also, datt is der Sender. Hier, datt Klettband, datt sollte in *Darcys* Fell halten. Also, in dem falschen Fell. Also, wenn et denn unser *Darcy* is.« Er wandte sich an Daniel und drückte ihm einen kleinen schwarzen Kasten in die Hand. »Und datt is der Empfänger für datt Anpei-len von dem Sender. Außerdem kannste damit alles hö-ren, watt in der Nähe von dem Sender passiert.«

»Klasse!«, sagte Annika. Atze lächelte stolz.

»Ist das eigentlich legal?«, fragte Chantal.

»Nicht in Deutschland.« Atze warf Jojo einen schnel-len Blick zu. »Aber datt is datt letzte Mal, datt ich so was mach.«

»Wenn es uns nur unseren *Darcy* zurückbringt«, meinte Jojo.

»Wir tun, was wir können«, versprach Annika.

# 55. Kevin

Auf dem Weg ins Krankenhaus störte es Kevin nicht, dass der blonde Sonderbergh an seiner Seite so viel Aufmerksamkeit erregte. Immer wieder zückten Passanten ihre Handys, um den Dackel zu fotografieren. Kevin hätte am liebsten gerufen: »Ja, das ist der Dackel, der den Bankräuber verfolgt hat! Und dieser Bankräuber, das bin ich! Na los, ruft schon die Polizei!« Aber das würde er natürlich nicht tun. Wenn er etwas unternahm, dann zu seinen Bedingungen.

Vor dem Krankenhaus löste Kevin wie gewohnt Sonderberghs Leine. Vor Kurzem noch hatte er gehofft, der Dackel würde – von der Leine befreit – nach Hause laufen. Dann hätte seine Gegenwart Kevin nicht mehr verraten können. Doch jetzt … Er mochte den Hund, und er mochte ihre Gespräche. Ob man ihm wegen Sonderbergh auf die Schliche kam, wurde ihm mit jedem Tag gleichgültiger.

»Viel Spaß, Sonderbergh. In ein paar Stunden bin ich wieder da.«

Der Dackel … War es tatsächlich möglich, dass er nickte? Nein, natürlich nicht. Er kämpfte wohl nur mit den lästigen Extensions.

Kaum hatte Kevin das Krankenhaus betreten, als ein anderes Problem sich seiner Gedanken bemächtigte. Würde Frau Passmeyer noch mit ihm sprechen, nachdem er hinter ihrem Rücken ihre Tochter angerufen hatte? Er hatte ihren klar geäußerten Wunsch missachtet. Aber er war sich sicher gewesen, dass das im Grunde genau das war, was Frau Passmeyer sich insgeheim wünschte.

Inzwischen war er sich jedoch über nichts mehr sicher.

In seiner ersten Pause holte er wie üblich zwei Cappuccinos, aber er ließ sich Zeit damit. Sechs Minuten und zweiunddreißig Sekunden. Eine weitere Minute verging, während er unschlüssig vor dem Raum stand. Dann stieß er die Tür zum Krankenzimmer auf.

Die Tür schwang auf, und sogleich richteten sich drei Augenpaare auf ihn.

»Nun, ich hätte wohl einen Cappuccino mehr besorgen sollen. Und einen Kakao für die junge Dame.« Dr. Kevin lächelte das kleine Mädchen an und zauberte einen Lutscher aus einer der vielen Taschen seines Arztkittels hervor.

Die Mutter des Kindes sprang auf, nahm Dr. Kevin den Kaffee ab und ergriff dann seine Hände. »Dr. Kevin! Ich kann Ihnen gar nicht sagen, wie dankbar wir Ihnen sind!«

Dr. Kevin schüttelte lächelnd den Kopf. »Ich konnte doch nicht zulassen, dass diese zauberhafte kleine Familie auseinandergerissen wird.« Er ging zu der alten Dame im Krankenbett und stellte einen Cappuccino auf ihren Betttisch.

Sie hob drohend den Zeigefinger. »Ich sollte Ihnen böse sein, Dr. Kevin. Hatte ich Ihnen nicht verboten, meine Tochter zu benachrichtigen?«

»Ich war mir sehr wohl bewusst, dass das schlimm für mich ausgehen könnte. Schillers Verse aus der ›Glocke‹ kamen mir in den Sinn: Da werden Weiber zu Hyänen / Und treiben mit Entsetzen Scherz / Noch zuckend, mit des Panthers Zähnen / Zerreißen sie des Feindes Herz.« Er lächelte. »Aber dieses Risiko musste ich eingehen. Denn ich konnte in Ihren Augen sehen, was Sie sich im Innersten wünschten.«

Mit Tränen in den Augen flüsterte sie: »Danke, Dr. Kevin. Jetzt kann ich in Frieden gehen.«

Die Tür schwang auf, und drei Augenpaare richteten sich auf ihn. Und dann … geschah alles genau so.

Bis auf den »Doktor«.

Und den Lutscher.

Kevin verließ Frau Passmeyer und ihre Familie nur ungern. Nicht, weil er sich in ihrer Dankbarkeit sonnte. Aber es war offensichtlich, dass es mit der alten Dame zu Ende ging. Wenigstens war sie nicht allein, dieser Gedanke trug ihn durch den Rest seiner Schicht.

Erst als er das Krankenhaus verließ und Sonderbergh vorm Ausgang warten sah, traf es ihn mit voller Wucht. Frau Passmeyer und ihre Tochter hatten ihn angesehen, als wäre er ein Engel – dabei war das Gegenteil richtig! Er hatte aus selbstsüchtigen Motiven eine Bank ausgeraubt und dabei einer armen Angestellten höchstwahrscheinlich ein Trauma fürs Leben beschert. Und dann

hatte er auch noch einen unschuldigen Hund mit hinein-
gezogen!

»Sieh dich nur an.« Kevin kraulte Sonderbergh hinter
den erblondeten Ohren. »Das ist alles meine Schuld.« Er
seufzte, dann straffte er die Schultern. »Aber weißt du
was? Ich werde das wiedergutmachen. Alles.« Auch
wenn er keine Ahnung hatte, wie er das Soraya beibringen sollte.

Gedankenverloren leinte er Sonderbergh an, und die
beiden schlenderten Richtung Park.

# 56. Annika

»Houston, Houston, wir haben ein Problem!«, flüsterte
Chantal durchs Handy. Sie hatte sich mit dem Kinderwagen hinter einem Gebüsch bei einer Eiche versteckt.

Auf der Bank vor dem Klettergerüst, keine fünfzig
Meter entfernt, verdrehte Annika hinter ihrer großen
Sonnenbrille die Augen. »Mir ist auch langweilig. Da
müssen wir eben durch. Nach den Aussagen der Leute,
die den Dackel gesehen haben, kann er irgendwann zwischen elf und drei auftauchen. Also guck dir ein Katzen-
video an oder so.«

Es knisterte und knirschte, dann ertönte ein Fluch.

»Schon mal überlegt, als Geräuschemacherin beim
Film anzufangen?«, fragte Annika.

»Wir haben aber wirklich ein Problem.« Durch das
Knistern hindurch hörte Annika Chantal stöhnen. »Denise braucht nämlich dringend eine neue Windel. Und
ich hab keine Ahnung, wie rum man das Ding hält.«

»Das schaffst du schon«, sagte Annika. »Die von
Apollo 13 mussten im Weltall ständig improvisieren.

Wenn du dich gut schlägst, drehen sie vielleicht auch einen Film über dich. Und die Geräusche dafür machst du dann gleich mit.«

»Hörst du das, Denise? Leg dir lieber keine beste Freundin zu, dann musst du dir so was nicht anhören.«

»Moment«, sagte Annika, »da kommt eine Nachricht von Daniel.«

> **Whatsapp**
> *Was zum 😈 macht ihr da? Wir müssen die Leitungen freihalten. Ein bisschen mehr Ernst und Konzentration, bitte!*

»Hmmm, heißer Typ, aber streng«, hauchte Chantal. »Habt ihr eigentlich schon ›Fifty Shades of Grey‹ zusammen geguckt?«

»Konzentrier du dich lieber auf die ›Fifty Shades of Brown‹ deiner Nichte.«

Annika legte auf und sah sich auf dem Spielplatz um. Ein kleiner Junge schubste ein Mädchen die Rutsche hinunter. Ein Mädchen, das kaum laufen konnte, schüttete einen Sandeimer über einem anderen Mädchen aus, das sich sofort revanchierte. Und natürlich kreischten und heulten alle, als würden sie dafür bezahlt.

Die Hitze drückte. Annika nahm ihren knallgelben Sonnenhut mit der breiten Krempe ab und fächelte sich damit Luft zu, bevor sie ihn wieder aufsetzte.

*Mir ist langweilig.*

Ihre innere Stimme machte es auch nicht besser. Warum nur hatte Annika keine Hand für ein Videospiel oder so was frei? Frustriert biss sie in das Teewurst-Brötchen in ihrer linken Hand und drehte den Peilsender in der rechten hin und her. Nur gut, dass sie genug Brötchen geschmiert hatten.

Annika kramte gerade ein neues aus ihrem Rucksack, als ihr Handy klingelte. »Er kommt!«, rief Daniel. »Macht euch bereit!«

»Roger!« Annika sprang auf, steckte ihr Handy ein und rief zu Chantal hinüber: »Vergiss die Windel, es geht los!«

## 57. Darth Vader

Ich gehe mit Wursthose in den Park und rieche sie sofort:

DIE MACHT!

Ich renne los. Der Würger schleift hinter mir her. Aber das neue Fell stört mich. Ich stolpere und überschlage mich.

Da ist eine Frau. Sie hält DIE MACHT in der Hand!

Ich springe an ihr hoch. Sie gibt mir DIE MACHT. Ich verschlinge sie. Aber die Brotfrau hat noch mehr davon.

»Gib sie mir!«, rufe ich laut. Sie klopft mir auf den Rücken.

»Gib mir alles!«

## 58. Kevin

Sonderbergh rannte so plötzlich los, dass Kevin die Leine aus der Hand gerissen wurde. Sein Ziel war eine junge Frau mit einem großen Hut, die ein Brötchen in der Hand hielt.

Sollte er hinterherrennen? Oder so tun, als würde er

den Dackel nicht kennen? Nein, bestimmt hatte jemand gesehen, dass er ihn an der Leine geführt hatte.

Kevin lief los. Sonderbergh stolperte mehr vorwärts, als zu laufen, aber trotzdem hatte er einen Vorsprung. Er erreichte die Frau vor Kevin, sprang an ihr hoch, bellte wie verrückt. Kevin setzte zu einer Entschuldigung an, da überließ die Frau Sonderbergh das Brötchen und streichelte ihn.

Kevin stutzte. Irgendetwas an ihr kam ihm bekannt vor. Doch mit der Sonnenbrille und dem Hut … Er kam nicht mehr dazu, sie anzusprechen, denn in diesem Moment brach die Hölle los.

# 59. Darth Vader

Sie gibt mir alles, die ganze MACHT. Ich bin glücklich.

Dann kommt eine Frau mit einem Körbchen auf Rädern. Darin liegt ein kleiner Mensch. Ich höre ihn schreien.

Ich bekomme Angst. Die schrecklichen Bilder sind wieder in meinem Kopf.

*Ich bin ganz klein. Ich wohne bei meinen ersten Menschen. Die großen Menschen sind gut zu mir. Aber es gibt auch einen kleinen Menschen. Wenn ich mich hinhocke, zieht er mich am Schwanz und schreit: »Hundimachtkacka!«*

*Das tut weh. Ich will wegrennen, aber ich bin zu klein.*

Jetzt bin ich groß. Ich renne weg.

# 60. Kevin

Sonderbergh kaute überglücklich an dem Brötchen, doch das währte nur wenige Sekunden. Bis eine Frau mit einem monströsen Kinderwagen in grellen Pinktönen hinter einem Busch auftauchte und auf ihn zuhielt. Eine Windel flatterte am Verdeck, und das Kind im Wagen kreischte.

Was es mit der Windel auf sich hatte, konnte Kevin nicht mehr ergründen. Denn in dem Augenblick, als der Dackel den Kinderwagen bemerkte, stieß er einen seltsam hohen Ton aus und hüpfte in die Luft. So hoch, wie Kevin es ihm nicht einmal ohne die Extensions zugetraut hätte. Noch in der Luft drehte der Hund sich, wie ein gelber Flokati in der Waschmaschine, dann spurtete er los, weg von dem Kinderwagen, als wäre der Teufel hinter ihm her.

Kevin zögerte keinen Moment. Sie gehörten zusammen, dieser Dackel und er. Er rannte hinterher.

# 61. Annika

»Er ist es!« Annika umarmte Chantal. »Es ist wirklich *Darth Vader*!«

»Das ist echt toll. Aber jetzt lass mich los.« Chantal löste die Windel vom Verdeck und blickte gehetzt ins Innere des Kinderwagens. »Bevor Denise in den Wagen kackt.«

Daniel kam vom Eingang des Parks herüber, in der

Hand den Empfänger. »Alles klar, wir haben ihn«, sagte er zufrieden. »Er rennt die Friergasse entlang.«

Annika beugte sich über das Gerät in Daniels Hand. »Kann man schon was hören?«

*Näher!*, rief ihre innere Stimme. *Geh näher ran!*

Daniel drehte an einem Knopf. Sie hörten den Dackel japsen und eine entfernte Männerstimme, die irgendetwas rief. Es klang wie …

»Wunderwerk?«, fragte Daniel erstaunt.

Annika grinste. Sie hatte tatsächlich einen Moment lang gedacht, er hätte »Sonderbergh« gerufen. Aber sie hatte vorhin ja auch kurz geglaubt, dass sie den Bankräuber schon einmal gesehen hatte. Der Verstand spielte einem manchmal erstaunliche Streiche.

»Und wie geht es jetzt weiter?« Chantals Stimme klang dumpf. »Oh Mann, Denise, warum hast du bloß so krumme Beine?!«

»Damit ich dich besser treten kann«, sagte Annika mit ihrer besten Wolfsstimme.

Daniel räusperte sich. »Wenn die Damen fertig sind, sollten wir uns auf den Weg machen.«

»Ich dachte, das Signal reicht ewig weit?«, sagte Annika.

Daniel nickte. »Aber was, wenn der Hund den Sender verliert? Dann wäre ich lieber in der Nähe.«

»Okay, dann schauen wir mal, wo unser Bankräuber wohnt«, sagte Annika.

»Geht ohne mich«, sagte Chantal. »Ich hab hier noch zu tun.« Und dann: »Scheiße!«

Annika rief Jojo an, die vor Glück völlig aus dem Häuschen war. »Ich kann es nicht erwarten, *Darcy* endlich wieder in die Arme zu schließen!«

»Ein bisschen Geduld musst du noch haben«, sagte Annika, während sie mit Daniel die Friergasse entlangging. »Es sei denn, wir wollen auf den Finderlohn verzichten.«

»Na ja, jetzt, wo Atze bald einen ehrlichen Job hat, können wir jeden zusätzlichen Euro brauchen.«

Daniel und Annika folgten dem Signal des Hundes zwischen zwei Hochhäusern hindurch. Kurz darauf hörten sie durch viele Störgeräusche den Mann wieder: »So, jetzt ist ja alles gut.« Offenbar versuchte er, den Dackel zu beruhigen. »Wir nehmen gleich die Bahn, und dann sind wir bald zu Hause.«

Annika und Daniel sahen sich an. Dann liefen sie los in Richtung der Straßenbahn-Haltestelle.

Annika und Daniel nahmen vorsichtshalber nicht denselben Wagen wie der Hund und der Bankräuber. Aber da der Dackel leuchtete wie eine monströse Sonnenblume, war es nicht schwierig, ihn im Auge zu behalten. Am Hansaring stiegen er und der Bankräuber aus. Annika und Daniel folgten ihnen in sicherer Entfernung.

Nach wenigen Metern entdeckte Annika eine blonde

Haarsträhne auf dem Bürgersteig. An der nächsten Ecke fand sie eine weitere. »Auch ohne den Peilsender könnten wir *Darth Vader* kaum verlieren«, meinte sie.

Daniel lachte. »Und wir sind dann Hänsel und Gretel?«

»Abgesehen davon, dass wir älter und nicht so hungrig sind.«

»Älter ja«, sagte Daniel, »aber nicht jeder von uns hat heute Mittag einen Rucksack voller Teewurstbrötchen vertilgt.«

»Es waren nur drei«, entgegnete Annika würdevoll. »Und das gehörte alles zur Tarnung.«

Allmählich wurden die Vorgärten der Hochhäuser kleiner, die Bürgersteige dreckiger, und Graffiti bedeckten Wände und Mauern. Hier wohnte der Bankräuber? Dann hatte er das Geld wohl wirklich nötig.

Plötzlich blieb Daniel stehen. »Der Sender bewegt sich nicht mehr. Entweder hat *Darcy* einen Baum gefunden, oder sie haben ihr Ziel erreicht.«

Sie huschten hinter eine Plakatwand und warteten. Das Signal änderte sich nicht.

»Ich pirsche mich allein an ihn an«, flüsterte Daniel. »Mich hat er im Park ja nicht gesehen.« Er drückte ihr den Empfänger in die Hand. »Ich bin gleich wieder da.«

»Wenn er dich angreift, schrei einfach. Ich höre dich dann durch *Darcys* Sender.«

Daniel lächelte. »Ich kann es kaum erwarten, von dir gerettet zu werden.«

*Die Ritterin rettet den Prinzen! Wie romantisch!*, schwärmte Annikas innere Stimme. *Und wie gendergerecht!*

*Wo hast du nur solche Wörter her?*

Das Knistern im Empfänger wurde von einer Stimme übertönt. »So, da wären wir. Und ich verspreche dir: Wir

184

befreien dich bald von diesen grässlichen Extensions.«
Man hörte, wie ein Schloss aufgesperrt wurde. »Ich
muss nur erst …«, murmelte die Stimme, dann verstummte sie. Eine Tür schlug zu. Kurz darauf knisterte
es ohrenbetäubend, dann war Ruhe.

Annika schüttelte das Empfangsgerät. Aber bis auf
ein leichtes Knirschen blieb der Sender stumm. Wenn sie
die Stimme doch nur etwas länger hören könnte! Nicht,
dass sie ihr bekannt vorgekommen wäre. Aber irgendetwas an diesem Bankräuber war wie eine Schaufel, die in
ihrem Gedächtnis grub, um dort eine verschüttete Erin-
nerung zutage zu fördern.

*Na dann, Glück auf*, sagte ihre innere Stimme.

Kurz darauf kam Daniel zurück.

*Irgendetwas an ihm ist wie ein Vibrator, der …*

*Schnauze!*

»Stimmt etwas nicht?«, fragte Daniel. »Du siehst
grimmig aus.«

*Sie ist nur erregt*, hauchte die Stimme, und Annika
spürte, wie sie knallrot wurde. »Nein, alles okay. Hast
du herausgefunden, wer der Bankräuber ist?«

»In dem Haus wohnen acht Parteien.« Daniel drehte
sein Handy so, dass Annika es sehen konnte. »Aber ich
habe die Klingelschilder fotografiert. Einer von diesen
Namen muss zu unserem Bankräuber gehören.«

»Wenn er nicht allein wohnt, werden wir seinen Namen früher oder später über den Sender hören«, sagte
Annika.

Daniel sah sie nachdenklich an. »Wir könnten uns
noch eine Weile da hinten auf die Bank setzen. Der Empfang ist hier bestimmt noch am besten.«

»Auf jeden Fall«, sagte Annika.

*Ach ja? Seit wann kennst du dich denn mit Physik aus?
Oder Technik oder so?*, fragte Annikas innere Stimme.

# 62. Daniel

Die Bank stand unter einer mächtigen Kastanie mit dicken weißen Blütendolden. Sie setzten sich nebeneinander, so nah, dass ihre Arme sich berührten. Daniel hielt den Empfänger auf dem Schoß. Schweigend lauschten sie dem leisen Knistern des Geräts. In der Kastanie zwitscherte eine Amsel.

Annikas Lächeln. Es zog ihn magisch an. Daniel beugte sich zu ihr.

Etwas fiel vom Baum, und Daniel zuckte zurück. Nur ein Blatt. Aber es hätte auch eine Schlange sein können.

Nein, natürlich war es keine Schlange. Doch …

»Annika, ich kann mich nicht auf jemanden einlassen.«

»Verstehe.«

»Es ist nicht so, dass ich dich nicht …«

»Verstehe.«

»Aber irgendwann werde ich verschwinden müssen, wahrscheinlich ohne Vorwarnung.«

»Verstehe.«

»Wirklich?«

Sie lächelte. »*Ich mag dich sehr, aber ich werde von einem gefährlichen Gangster verfolgt, darum kann ich mich nicht auf eine Beziehung mit dir einlassen*, solche Ausreden von beziehungsunwilligen Männern höre ich jeden Tag.«

»Das ist doch keine Ausrede!«, brauste Daniel auf. »Ich werde wirklich …«

Annika legte ihm eine Hand auf den Arm. »Nur Spaß. Ja, ich verstehe dich. Aber die Lösung ist doch ganz einfach. Ich helfe dir, belastendes Material gegen *Il*

186

*Serpente* zu finden, dann kannst du unbehelligt in Köln bleiben. Du musst dir danach allerdings eine bessere Ausrede ausdenken, wenn du nicht mit mir zusammen sein willst.«

Daniel war sich im Klaren darüber, dass es nicht so einfach war. Aber vielleicht … Er beugte sich wieder zu Annika, doch da knackte es laut im Empfänger. Diesmal zuckte Annika zurück. Sie hörten, wie eine Tür geöffnet wurde. Der Bankräuber sagte: »Soraya? Komm rein, ich hab Spezial-Ravioli gekocht.«

Eine Frauenstimme antwortete, aber Daniel konnte sie nicht verstehen, weil Annika dazwischenrief: »Soraya!« Sie sprang auf. »Zeig mir noch mal das Foto von den Klingelschildern.«

Daniel hielt ihr das Handy hin, und sofort tippte Annika auf ein Schild. »S. Backes«, sagte sie. »Soraya Backes. Und sie wohnt mit K. Kaminski zusammen.«

Annika strahlte, als hätte sie den heiligen Gral gefunden. »Diese Soraya Backes, die hab ich im Fernsehen gesehen. Das ist die Friseurin, die dieses Cut-in auf dem Schälplatz organisiert hat!«

Daniel runzelte die Stirn. »Ich kann dir nicht folgen.«

Annika warf die Arme in die Luft. »Vielleicht bin ich ja verrückt, aber was wäre, wenn K. Kaminski ihr Freund ist? Und sie das Cut-in nur veranstaltet hat, damit er in dem ganzen Chaos ungestört die Bank ausrauben konnte?«

# Tag 8

*Ein Aal mit Akne kollabiert*

# 63. Annika

Beschwingt lief Annika die lange Treppe von der Philharmonie hinunter zum Rhein. Sie hatten sich fast geküsst! Aber als Annika Sorayas Namen im Empfänger gehört hatte, da hatten sich plötzlich die Puzzleteile zusammengefügt – sie hatte einfach damit herausplatzen müssen, sonst wäre sie selbst geplatzt.

*Überragende Geistesfähigkeiten verlangen eben Opfer.* Ihre innere Stimme klang pathetisch. *Sherlock Holmes ist ja auch nicht wegen seiner Liebesbeziehungen bekannt geworden. Die er in Grunde gar nicht hatte. Ups!*

*Rhabarber, Rhabarber, Rhabarber!*, dachte Annika.

Zugegeben, nach ihrer brillanten Schlussfolgerung über das Tarnungs-Cut-in war der magische Moment zwischen Daniel und ihr vorbei gewesen. Aber sie würden ja noch viel Zeit miteinander verbringen, bis der Dackel wieder zu Hause und der Bankräuber gestellt war. Da würde eine neue Gelegenheit für einen Kuss schneller kommen, als man »Kuss« sagen konnte.

*K…Ku…Kuuuuu…*

Jetzt würde sie erst mal den falschen Schulz in seinem Lügenkäfig zappeln lassen, bis seine Pickel leuchteten wie Glühwürmchen auf einem Teller mit Erdbeergelee. Auch wenn sie dafür eigentlich viel zu gut gelaunt war. Aber was sein musste, musste sein.

Als sie sich dem Altstadt-Café durch Horden von Touristen näherte, sprang der falsche Schulz auf und rückte ihr einen schäbigen weißen Plastikstuhl zurecht.

»Wie schön, dass Sie kommen konnten!« Er winkte einem Kellner. »Was möchten Sie? Es geht alles auf mich.«

*Allerdings, Freundchen. Und das wird nicht billig.* Annika studierte die Speisekarte ausführlich, dann bestellte sie. »Fürs Erste hätte ich gern einen großen Cappuccino und eine Foccaccia mit Lachs. Ach ja, und die kleine Vorspeisenplatte, aber mit extra Oliven. Und eine Flasche Sprudel. Warten Sie, kann ich dazu noch ein paar Käsehäppchen haben? Mit Pizzabrot?«

»Aber sehr gern.« Der Kellner lächelte und verschwand, während das Lächeln des falschen Schulz verblasste.

»Wollen wir dann über mein Drehbuch sprechen?«, fragte Annika.

»Ja! … Nein …« Er wand sich wie ein Aal mit Akne. »Also, ich müsste zuerst über etwas anderes mit Ihnen … Es ist so.« Mutig richtete er den Blick auf Annika, die zuckersüß lächelte, was ihn sichtlich aus dem Konzept brachte. »Ich bin im Grunde gar nicht … also, mein Name ist Schulz, aber das wussten Sie ja schon … Es ist nur so …«

Der Kellner rauschte heran und verteilte gekonnt die Teller und Getränke, die kaum auf den kleinen runden Tisch passten. »Foccaccia kommt gleich.«

Annika nahm eine Handvoll Oliven und steckte sich langsam eine nach der anderen in den Mund. Der arme Schulz starrte sie an.

»*Harry und Sally*«, *verstehe,* meinte die Stimme. *Fängst du gleich noch an zu stöhnen?*

Annika verschluckte sich und hustete sehr unerotisch. Das weckte Schulz aus seiner Starre. »Also, ich heiße zwar Schulz, aber nicht Karim.«

»Ach nein?« Annika griff nach einem Käsehäppchen. Schulz blickte schnell weg.

»Ich bin Lulli Schulz. Also, eigentlich Ludwig, aber alle nennen mich Lulli.« Jetzt brach es förmlich aus ihm heraus. »Karim Schulz ist mein Stiefvater. Ich mache nur ein Praktikum in seiner Filmproduktion.«

Kaum dass der rührige Kellner sie vor ihr abgestellt hatte, biss Annika in ihre Foccaccia, um nicht in lautes Gelächter auszubrechen. *Lulli?!*

»Aber mein Stiefvater ist ebenso begeistert von Ihrem Drehbuch wie ich.« Er räusperte sich. »Nachdem Sie mit ihm telefoniert hatten, wollte er sofort ein paar Szenen lesen. Ich weiß ja nicht, was in Ihrem Gespräch passiert ist …« Er wagte einen kurzen Blick in Annikas Richtung, aber die kaute nur hingebungsvoll an dem Riesenbrot. *Das wüsstest du wohl gern.*

»Nun, jetzt sind Sie im Bilde.« Lulli hob theatralisch die Hände und fegte dabei den Zuckerstreuer vom Tisch. Während er unter den Tisch kroch, redete er weiter. »Ich finde Ihr Drehbuch aber wirklich toll, und ich möchte mit Ihnen weiter daran arbeiten. Also, wenn Sie das auch noch wollen.« Mit einem zaghaften Lächeln tauchte er wieder auf und setzte sich. »Mein Stiefvater wäre einverstanden. Er gibt mir die Chance, das mit Ihnen zu entwickeln. Also, das Drehbuch.«

Sein Gesicht wurde knallrot. Er sah Annika an wie ein verurteilter Verbrecher seinen Henker.

*Denk einfach an Sahnetupfen auf Himbeereis*, schlug ihre Stimme vor.

*Mir wird schlecht*, entgegnete Annika. Aber sie lächelte Lulli an. Er hatte genug gelitten. »Ich würde mich freuen, weiter mit Ihnen zu arbeiten.«

»Wirklich? Also das … Ich bin sehr froh, und …«

Annika nahm sich eine kleine gefüllte Bratpaprika und betrachtete sie.

*Tu's nicht*, warnte ihre innere Stimme, *das hält sein Herz nicht aus.*

*Er ist ja noch jung.*

»Wollen wir denn dann über die neuen Szenen sprechen?« Genüsslich schob sie sich die Paprika in den Mund.

Lulli Schulz erstarrte. Nach einer kleinen Ewigkeit wischte er sich den Schweiß von der Stirn und begann hektisch in seiner Aktentasche zu kramen. »Die neuen Szenen gefallen uns sehr gut«, stieß er dabei hervor. »Aber wir sollten noch an dem *Love Interest* des Helden arbeiten.«

»Was stellen Sie sich da denn vor?«, gurrte Annika.

*Ich weiß genau, was er sich vorstellt*, meinte ihre Stimme. *Rote Locken, Gossensprache, und isst Paprikas, als würde sie für einen Porno proben.*

Sie tauschten sich kurz über den Ausbau der Heldin aus – *dabei interessiert er sich mehr für den Vorbau*, witzelte die innere Stimme –, da klingelte Annikas Handy.

»Annika, können wir uns treffen?« Es war Daniel. »Am besten gleich bei … unseren Zielpersonen. Möglicherweise haben sie den Peilsender gefunden!«

# 64. Daniel

Daniel wartete zwei Häuser von ihrem Zielobjekt entfernt.

Er hätte das hier am liebsten allein durchgezogen. Ohne Annika einer unkalkulierbaren Gefahr auszusetzen. Aber wenn er sie nicht angerufen hätte, hätte sie nie wieder ein Wort mit ihm gesprochen. Außerdem hatte sie ja seit ihrer Kindheit Nahkampferfahrung gesammelt, ebenso wie er selbst.

Er konnte nur hoffen, dass alles gut gehen würde.

Normale Menschen wären ein solches Risiko überhaupt nicht eingegangen. Sie hätten die Polizei angerufen und den Fachleuten alles Weitere überlassen. Aber angesichts ihrer Vergangenheit konnten das weder Daniel noch Annika riskieren, und Atze natürlich auch nicht. Sicher, sie hätten einen anonymen Hinweis geben können. Aber dann hätten sie möglicherweise auf den Finderlohn verzichten müssen. Und das kam zumindest für Jojo und Atze nicht infrage. Die beiden konnten das Geld gut brauchen, wenn Atze einer legalen Beschäftigung nachging, die zweifellos weniger einbringen würde als seine jetzigen Geschäfte.

Eigentlich hatte es ja ganz anders laufen sollen. Ursprünglich wollten sie den Bankräuber so lange abhören, bis er das Versteck seiner Beute erwähnte, um sie dann gefahrlos stehlen zu können. Aber das war nun nicht mehr möglich.

Daniel berührte den Empfänger in seiner Jackentasche. Seit einer Viertelstunde war er stumm. Den Geräuschen nach zu urteilen, hatte Soraya zu der Zeit gerade den Dackel gekämmt. Plötzlich sagte sie: »Du, Kevin, ich hab da was im Fell von deinem Hund gefunden. Könnte eine Klette sein oder …« Lautes Knirschen, dann nichts mehr.

Wenn sie erkannt hatten, dass das Ding ein Sender war, mussten sie jetzt in heller Aufregung sein. Darum erwartete Daniel auch jeden Moment, den Bankräuber mit einer dicken Tasche aus dem Haus kommen zu sehen.

Als Annika um die Ecke bog und winkte, ließ seine Anspannung ein wenig nach. »Also, was ist passiert?«, fragte sie aufgeregt.

Er erzählte ihr, dass er nicht sicher war, ob Kevin, der Bankräuber, von dem Sender wusste. »Aber wir sollten davon ausgehen und extrem vorsichtig sein.« Doch Annika hörte ihm gar nicht zu. Mit weit aufgerissenen Augen sah sie ihn an. »Kevin?«

»So hat Soraya ihn genannt. Warum?«

»Kevin Kaminski«, murmelte Annika vor sich hin, dann packte sie mit einem Mal Daniels Hand und zog ihn zum Hauseingang. Er protestierte, aber das hielt sie nicht auf. Forsch drückte sie auf die Klingel und ließ sie nicht mehr los, bis jemand entnervt rief: »Ich komme ja schon!« Dann wurde die Tür mit Schwung aufgerissen, und der Bankräuber sah sie finster an.

Daniel wollte sich an Annika vorbeischieben, um sie zu schützen. Aber sie hielt ihn zurück. Und dann sagte sie strahlend: »Hallo, Kevin!«

Daniel starrte sie ebenso verblüfft an wie der Bankräuber. Doch dieser Kevin lächelte plötzlich, rief: »Jacky? Jacky!«, und bevor Daniel dazwischengehen konnte, hatte er Annika schon umarmt und hochgehoben. »Jacky, ich glaub's ja nicht!«

»Ist lange her.« Annika kicherte. »Lässt du mich auch wieder runter?«

»Na klar.« Kevin setzte Annika ab und streckte Daniel die Hand hin. »Kevin.«

Daniel hätte am liebsten die Hand ergriffen und Kevin den Arm auf den Rücken gedreht. Aber Annika sah so entspannt aus, dass er die Hand einfach nahm. »Daniel.«

»Dann kommt mal rein«, meinte Kevin. Annika zwinkerte Daniel zu und folgte dem Bankräuber.

Was zum Teufel war hier los?

Annika wirkte, als wäre sie in der winzigen Wohnung des Bankräubers zu Hause. Der stellte ihnen seine Freundin Soraya vor und bat sie, auf der ausgebleichten blauen Couch Platz zu nehmen. Er selbst setzte sich auf eine Kiste mit H-Milch.

Offensichtlich hatte dieser Kevin noch nichts von der Beute ausgegeben – oder er unterhielt anderswo ein schickeres Domizil.

Daniel war angespannt wie ein Panther vor dem Sprung. Aber er vertraute Annika. Allerdings würde sie ihm einiges zu erklären haben, wenn das hier vorbei war.

Das Gespräch begann. Und schon nach wenigen Augenblicken kam Daniel sich wieder einmal vor, als wäre er im falschen Film.

*INNEN. WINZIGE WOHNUNG VON KEVIN UND SO-RAYA – TAG*

*KEVIN deutet auf den blonden Dackel, der neben dem Sofa an einer Wurstpelle kaut.*

KEVIN

Ich weiß, Sonderbergh sieht ziemlich seltsam aus. Aber das ist eine lange Geschichte.

ANNIKA

Sonderbergh?! So wie der Arzt aus der »Klinik am Useriner See«?

KEVIN

Sag bloß, du liest die Romane auch!


ANNIKA

(*lacht*) Nein. Ich schreibe sie!


KEVIN

Was? *Du* bist Annika Conrad? Ich fass es nicht! Soraya, weißt du, wer das ist?


DANIEL

(*räuspert sich*) Wenn ich kurz unterbrechen dürfte …


SORAYA

(*zu Kevin*) Klar weiß ich, wer das ist!
(*augenzwinkernd zu Annika*) Dr. von Sonderbergh ist sein absoluter Held. – Jemand Kaffee? Ach, ich mach einfach mal 'ne Kanne.


KEVIN

Das ist ja unglaublich! Jacky, ich meine: Annika! Was ich schon immer wissen wollte: Wo hast du bloß diese ganzen irren Ideen her? Zum Beispiel in »Das Schweigen des Dr. Lemmer«, wo der Doktor durch diese nymphomanische Oberschwester traumatisiert wird. Oder in »Krankenzimmer mit Aussicht«, als …


DANIEL

(*laut*) Entschuldigung?


*Alle sehen ihn an, sogar Darth Vader hört kurz auf zu kauen. ANNIKA gibt DANIEL durch ein Handzeichen zu verstehen, dass sie alles im Griff hat.*

## KEVIN

Moment mal! Die ganzen Schiller-Zitate von Dr. von Sonderbergh! Du hast Tom doch immer diese Balladen vorgelesen, wenn es bei euch zu Hause … also, wenn es mal wieder besonders schlimm war mit eurer Mutter. Oder wenn euer Vater gerade aus dem Knast gekommen war. Warte, ich weiß sogar noch, welche Ballade er am liebsten hatte: »Sieh da! Sieh da, Timotheus / Die Kraniche des Ibykus!« – Wie geht es Tom denn so?

*DANIEL stößt ANNIKA auffordernd an. ANNIKA verdreht die Augen, nickt dann aber.*

## ANNIKA

Das ist eine lange Geschichte. Erzähle ich dir wann anders, okay? Aber jetzt sag du doch mal, wie ist es *dir* denn ergangen, nachdem du vom Kölnberg weggezogen bist?

*Jetzt verdreht DANIEL die Augen.*

*SORAYA bringt die Kaffeekanne, Milch und Zucker, dazu vier unterschiedliche Tassen, die vom Trödel zu sein scheinen, holt einen Hocker aus dem Bad und setzt sich zu den anderen.*

## KEVIN

Das ist auch eine lange Geschichte.
(*sieht zu Daniel, dann zu Annika*) Aber was machst du eigentlich hier? Nicht, dass ich mich nicht freue!

## ANNIKA

Also, dann sag ich's ganz direkt: Wir sind wegen dem Hund hier. Seine Besitzer haben uns gebeten, ihn wiederzufinden. Sein richtiger Name ist übrigens *Darth Vader*.

*SORAYA verschluckt sich an ihrem Kaffee. DANIEL reicht ihr ein Taschentuch.*

### KEVIN
(*schaut den Dackel traurig an*) Wir wussten ja immer, dass dieser Tag kommen würde, nicht wahr, Sonderbergh?
(*zu Annika*) Aber wie hast du uns gefunden? Ich meine … Moment mal! Das warst *du* im Park gestern!

### ANNIKA
Hat auch bei mir eine Weile gedauert, bis ich dich erkannt habe.

### KEVIN
Wahnsinn! Was für ein irrer Zufall!

*ANNIKA wirft DANIEL einen warnenden Blick zu.*

### ANNIKA
Kevin, wir sind noch wegen was anderem hier. (*holt tief Luft*) Wir wissen, dass *Darth Vader* den Bankräuber verfolgt hat, der die Bank am Schälplatz ausgeraubt hat.

*Keiner sagt etwas. Dann steht KEVIN auf.*

*DANIEL setzt sich aufrecht hin und greift in seine Jackentasche.*

*KEVIN sieht SORAYA an. Sie nickt. Er geht zum Herd und holt eine dicke Sporttasche aus dem Ofen.*

## KEVIN

Das klingt jetzt bestimmt total unglaubwürdig, aber ich war schon auf dem Weg, es abzugeben, als ihr geklingelt habt. (*lacht*) Wenn Son…, *Darth Vader* nicht diese Klette im Fell gehabt hätte, hätten wir uns glatt verpasst! Aber die wollte ich noch rausmachen, bevor …

## DANIEL

(*ungläubig*) Du wolltest das Geld zurückgeben? Das ist wirklich schwer zu glauben.

## KEVIN

Nein, nicht zurückgeben. Ich wollte es dem Tierheim am Stadtwald vor die Tür stellen. Ehrlich, ich hab keinen Cent davon ausgegeben. Ich konnte nicht. Ich hab immer diese arme Bankangestellte vor mir gesehen, wie ihr der Schweißtropfen den Hals heruntergelaufen ist …

*Er schüttelt den Kopf. SORAYA nickt ihm aufmunternd zu. KEVIN stellt die Tasche vor Annika ab.*

## KEVIN

Ihr könnt es gern mitnehmen. Ich will es nicht. Und wenn ihr zur Polizei gehen wollt …

## ANNIKA

(*scherzend*) Sag mal, du weißt schon noch, wo ich herkomme, oder? Natürlich gehen wir nicht zur Polizei! Aber wie, zum Henker, bist du überhaupt auf die Idee gekommen, eine Bank zu überfallen?

*Man sieht KEVIN an, dass er froh und erleichtert ist, das Geld los zu sein.*

**KEVIN**

(*zwinkert ANNIKA zu*) Daran bist du nicht ganz unschuldig. Oder vielmehr: Dr. von Sonderbergh. Weißt du noch, in »Verhängnisvolles Vertrauen« …

# 65. Annika

*Darth Vader* lief an der Leine vor Annika her, neben ihr ging Daniel mit der Tasche voller Geld.

»Es tut mir richtig leid, dass wir Kevin den Hund wegnehmen mussten«, sagte Annika. »Aber vielleicht kann er ihn ja noch mal sehen, wenn Soraya ihn wieder umstylt.«

Daniel schwieg.

»Danke, übrigens, dass du mir vertraut hast mit Kevin. Und dass du die Sache mit dem Peilsender nicht erwähnt hast.«

Daniel schwieg.

*Sieht für mich nach Schock aus,* diagnostizierte Annikas innere Stimme.

Daniel blieb stehen. »Ich würde sagen … Es … Ach, scheißegal. Gern geschehen.«

*Jetzt bin* ich *schockiert. Dass unser Prinz solche Wörter kennt!*

Daniel sah Annika verzweifelt an. »Du machst mich wirklich fertig, weißt du das?«

*Ist das jetzt sexuell gemeint?*

»Ich meine, dass du den Bankräuber von früher kennst, geschenkt. Aber das bedeutet doch nicht, dass er dir wegen der alten Zeiten einfach so den Dackel aushändigt. Geschweige denn seine Beute!«

Annika grinste. »Hat er aber gemacht.«

Daniel warf die Arme in die Luft und stöhnte.

*Da fällt ihm nichts mehr zu ein*, meinte Annikas innere Stimme.

*Aber so was von überhaupt nichts*, erwiderte Annika fröhlich.

Jojo und Atze platzten vor Glück, als sie *Darth Vader* wieder in die Arme schließen konnten. Jojo knuddelte den Hund. Atze holte ein großes Stück Teewurst aus der Küche, und der Dackel verzog sich knurrend damit unters Sofa.

»Getz erzählt mal, wie is datt denn getz abgelaufen?«

Daniel schüttelte den Kopf. »Mich dürft ihr nicht fragen. Ich verstehe es immer noch nicht.«

Also erzählte Annika. Als sie fertig war, meinte Jojo: »Na dann ist ja alles wieder gut. Und ich finde es echt nett von Kevins Freundin, dass sie unseren *Darcy* wieder so herrichten will, wie er war.«

Daniel hatte sich bisher zurückgehalten.

*Schockstarre*, meinte Annikas innere Stimme. *Sein System ist überfordert. Wie bei einem Kaninchen vor der Schlange …*

*Oh bitte!*

Doch jetzt sah Daniel ungläubig zu Jojo hinüber. »Das ist nicht dein Ernst, oder?«

Jojo betrachtete den Hund, dann nickte sie. »Hast recht. Die Extensions müssen ab, aber die blonde Farbe steht ihm eigentlich echt gut, was meint ihr?«

*Gleich kollabiert der Prinz.*

»Ja, aber …«, Daniel sprang auf und riss die Tasche mit dem Geld vom Boden, »… was ist damit? Der Kerl ist ein Bankräuber, ein Verbrecher!«

»Jetzt beruhig dich mal«, brummte Atze. »Der Junge hatte et ja auch nich leicht nach dem, watt Annika erzählt hat. Und schnelles Geld, datt is aber auch zu verlockend.« Jojo stieß ihn in die Seite und sah ihn streng an. »Nee, nee«, sagte Atze, »datt gilt für mich natürlich nich mehr, mein Schlemmerschnittken.«

Daniel ließ sich schwer in seinen Sessel fallen. »Ich begreife das alles nicht.« Er sah zu Annika herüber. »Ist das vielleicht auch wieder so etwas, das in Köln normal ist?«

»Nee«, sagte Atze, »nich nur in Köln. Im Ruhrpott gibbet datt auch.«

»Jetzt trinken wir erst mal einen leckeren Apfelkorn zur Beruhigung«, meinte Jojo mit Blick auf Daniel.

Annika sah auf ihr Handy. »Für mich keinen«, sagte sie. »Ich muss in den Club.«

Daniel stand auf, aber Atze drückte ihn zurück in den Sessel und reichte ihm ein Schnapsglas. »Nix da, du bleibs hier. Mit dieser käsigen Miene lass ich dich nich wech. Sonst kippste uns noch um, ne?«

»Na dann, wir sehen uns.« Plötzlich hatte Annika einen Kloß im Hals. Es war vorbei! Der Dackel war zu Hause, die Beute gefunden. Jetzt gab es keinen Grund mehr für Daniel, in der Stadt zu bleiben, wenn nicht wegen ihr.

Sie musste weg, bevor sie noch anfing zu heulen.

# 66. Daniel

Irgendwann hatte Daniel sich ergeben. Zwar verstand er die Welt nicht mehr, aber nach dem dritten Apfelkorn war ihm das auch egal gewesen. Mit einer wohligen Wärme im Bauch und zweihunderttausend Euro in bar machte er sich schließlich auf den Weg zu Chantal.

»Man sieht sich«, verabschiedete ihn Atze an der Tür, und in diesem Augenblick wurde Daniel klar: Es war vorbei. Nun gab es keinen offiziellen Grund mehr, warum er und Annika sich treffen sollten. Vor wenigen Tagen noch wäre er erleichtert darüber gewesen, sich wieder in sein einsames Schneckenhaus zurückziehen zu können. Aber das war eine Ewigkeit her, in einem anderen Leben.

Chantal empfing ihn aufgeregt in ihrem Hausflur. Er half ihr, den monströsen Kinderwagen mit ihrer Nichte darin die Stufen hinunterzutragen, und verstaute die Tasche mit dem Geld in der Ablage unter Denise.

»Ich dachte mir, eine Frau mit Kind wirkt besonders harmlos«, sagte Chantal. »Darum hab ich mir Denise noch mal ausgeliehen. Außerdem hatte ich keine Lust, die schwere Tasche zu schleppen. – Ach ja, wem soll ich eigentlich den Finderlohn geben, wenn ich ihn bekomme?«

Den Finderlohn, vermutlich knapp sechstausend Euro, so hatten sie vorhin bei Jojo und Atze besprochen, würden sie unter sich aufteilen. Daniel hatte nicht widersprochen. Es musste ja nicht jeder wissen, wie reich er war. Aber er hatte vor, seinen Anteil dem Tierheim zu spenden, von dem Kevin gesprochen hatte.

»Am besten gibst du es Annika. Sie verteilt es dann. Wir bestehen aber darauf, dass du fünfhundert Euro behältst, für deine Hilfe im Park und jetzt mit der Polizei.«

»Kann ich gut brauchen.« Chantal sah ihn prüfend an. »Du scheinst allerdings nicht besonders glücklich darüber zu sein.«

»Das ist es nicht.«

Chantal nickte. »Schon klar, du bist traurig, weil das Abenteuer vorbei ist. Erst die Jagd nach dem neurotischen Dackel, und dann habt ihr auch noch einen Bankräuber gestellt. Und jetzt weißt du nicht …« Sie ließ den Satz unvollendet, aber Daniel konnte ihr ansehen, dass sie wusste, was ihm so zu schaffen machte. Da konnte er es auch aussprechen. »Hat Annika eigentlich einen Freund?«

Chantal lächelte. »Noch nicht.« Dann schob sie den Kinderwagen energisch vorwärts, rief über die Schulter »Man sieht sich!« und war im nächsten Moment im Gewimmel der belebten Straße verschwunden.

# Tag 9

*Sushi für Jackson Pollock*

# 67. Annika

Die Kids hatten Annika ein Loch in den Bauch gefragt, als sie erfuhren, dass der Dackel gefunden war. Die Sache mit der Beute aus dem Bankraub verschwieg sie ihnen – das würden alle Beteiligten für sich behalten. Niemand wollte riskieren, dass man Kevin doch noch auf die Schliche kam.

Danach hatten sie unbedingt wissen wollen, was denn jetzt mit Annikas Lover sei. Doch Annikas schroffes »Nichts!« hatte die Diskussion über dieses Thema im Keim erstickt.

*Get over it,* riet ihre innere Stimme.

*Du hast leicht reden.* Annika bog in die Straße ein, in der Jojo und Atze wohnten.

*Dann unternimm endlich was!* Ihre innere Stimme klang genervt. *Sonst macht der Typ sich schneller vom Akker, als du »Schwarzwälder Kirschtorte« sagen kannst.*

*Schwarzwälder Kirschtorte?*

*Oder »Flusensiebreinigungsmittel«.*

*Du redest noch größeren Unsinn als sonst.* Annika bog in die Einfahrt zu dem Haus von Jojo und Atze ein.

*Kümmer dich nicht um mich, tu was!*

*Ist ja schon gut!*

»Hallo, Annika!«

Annika drehte sich um, und da war er, kam die Einfahrt hoch, ein unschlüssiges Lächeln auf dem Gesicht. Annika blieb stehen. Daniel kam näher. Noch näher. Er streckte die Hand aus, ließ sie wieder sinken. »Ich hatte gehofft, dass du hier bist«, sagte er. »Wir müssen …«

Annika legte ihre Arme um seinen Hals und zog ihn zu sich heran. »Das finde ich auch«, sagte sie.

Annikas innere Stimme seufzte zufrieden. Und dann hielt sie endlich einmal die Klappe.

# 68. Kevin

Kurz nachdem Soraya aufgebrochen war, klingelte es an Kevins Tür.

Seit Annika den Hund und das Geld mitgenommen hatte, gaben sich Kevins Gefühle im Minutentakt die Klinke in die Hand. Erleichterung, dass er das Geld zurückgegeben hatte. Trauer, dass der Dackel fort war, der ihm mit all seinen Macken ans Herz gewachsen war. Angst, dass er ohne das Geld niemals Medizin studieren könnte.

Die unerwartete Besucherin brachte Kevins Gefühlswelt endgültig aus dem Gleichgewicht. »Frau Passmeyer?«

Frau Passmeyers Tochter nickte traurig. »Darf ich hereinkommen?«

»Natürlich. – Aber woher haben Sie meine Adresse?«

Sie lächelte kurz. »Schwester Dinah war mir behilflich.« Ihr Lächeln verschwand, und sie senkte den Kopf. »Herr Kaminski, ich wollte es Ihnen persönlich sagen.«

Es traf Kevin wie ein Meteor, der plötzlich vom Himmel stürzte.

»Meine Mutter ist gestern Nacht gestorben. Ich bin sehr froh, dass ich bei ihr war.« Sie zog ein Taschentuch aus ihrer Jacke und schneuzte sich laut. Dann legte sie Kevin, der nur stumm dastehen konnte, eine Hand auf den Arm. »Ich weiß, Sie haben sie gemocht. Darum wollte ich nicht, dass Sie es nebenbei im Krankenhaus erfahren.« Sie kramte in ihrer Handtasche. »Hier, dieser Brief ist für Sie.«

Kevin nahm den Brief entgegen und fand endlich seine Sprache wieder. »Es tut mir so leid. Sie hatten sich gerade erst wiedergefunden …«

Sie nickte. »Aber wir *hatten* uns wiedergefunden. Das ist es, was zählt. Darf ich bleiben, während Sie den Brief lesen? Ich würde Ihnen gern noch etwas dazu sagen.«

*Lieber Dr. Kevin,*

*wenn Sie diesen Brief erhalten, brauchen Sie nie mehr zu hetzen, um mir in Ihrer kostbaren Pause einen Cappuccino zu bringen.*

*Aber seien Sie bitte nicht traurig. Ich bin es auch nicht, und das ist Ihr Verdienst. Sie haben einer sturen alten Frau gezeigt, worauf es ankommt. Ohne Sie hätte ich meine Tochter und meine Enkelin nicht mehr gesehen und keinen Frieden mit ihnen schließen können. Dafür werde ich Ihnen ewig dankbar sein – wo immer ich dann bin.*

*Sie haben mir nie gesagt, was Sie in den letzten Wochen geplagt hat. Wenn es darum geht, dass Sie mit jemandem im Streit liegen, dann gehen Sie hin und beenden Sie es. Dieser gute Rat stammt nicht von mir, aber ich gebe ihn gern weiter. Und wenn es Geldsorgen sind, die sie plagen, dann halten Sie noch ein wenig durch. Sobald mein Testament eröffnet ist, sollten Geldprobleme kein Thema mehr für Sie sein.*

*Sie sind ein guter Mensch, Dr. Kevin, ganz gleich, was Sie selbst denken mögen. Ich wünsche Ihnen ein wunderbares Leben. Und vielleicht nennen auch andere Menschen Sie eines Tages »Dr. Kevin« – nicht nur die Ihnen auf immer verbundene*

*Penelope Passmeyer*

»Ich hätte mich so gern von ihr verabschiedet.« Kevins Stimme klang rau.

Frau Passmeyer musterte ihn. »Sie sind wirklich ein guter Mensch, Herr Kaminski. Andere hätten erst einmal gefragt: ›Wie viel Geld?‹«

Wochen-, nein jahrelang hatte sich für Kevin fast alles um Geld gedreht, das er nicht hatte: zum Studieren, zum Essengehen mit seiner Freundin, für tausend Dinge. Aber jetzt …

»Ich bin nämlich auch wegen des Geldes hier«, sagte Frau Passmeyer.

Wollte sie das Geld für sich beanspruchen, anstatt es dem Aushilfspfleger ihrer Mutter zu überlassen? Es war ihm egal. »Sie können es haben.«

»Was? Nein! Um Himmels willen!« Frau Passmeyer lachte. »Ich wollte Ihnen sagen, um welche Summe es geht. Damit Sie den Schock nicht ganz allein verkraften müssen.«

Dann sagte sie es ihm. Und es war tatsächlich gut, dass sie da war. Sonst hätte ihn niemand stützen können, als seine Beine nachgaben.

# 69. Annika

Atze öffnete die Tür, drehte sich um und rief ins Wohnzimmer: »Jojo, unsere beiden Turteltäubchen sind da!«

Annika fühlte, wie sie rot wurde. Atze grinste. »Datt sollte doch getz kein Geheimnis sein, oder? Ich mein, wer in aller Öffentlichkeit rumknutscht …«

Daniel seufzte, dann ging er an Atze vorbei ins Haus. Und blieb an der Wohnzimmertür abrupt stehen. Annika quetschte sich an ihm vorbei.

Die Sessel waren an die Wand gerückt worden, um in der Mitte des Raumes Platz schaffen. Dort hockte auf einer riesigen Malerplane *Darth Vader*. Trotz eines beachtlichen Stücks Teewurst vor seinen Pfoten schien er jedoch nicht ganz glücklich zu sein. Was möglicherweise an Soraya lag. Sie hockte neben ihm und bearbeitete ihn mit Schere und Kamm. Das ging offenbar schon eine Weile so, denn die Plane war mit blonden und pinken Haaren bedeckt.

*So hätte es wohl ausgesehen, wenn Jackson Pollock nicht mit Farbe, sondern mit Dackelhaar gearbeitet hätte,* meinte Annikas innere Stimme kunstsinnig. *Dann wäre er vermutlich noch berühmter geworden. Oder in der Klapse gelandet. Aber das eine schließt das andere ja nicht aus.*

Annika verkniff sich eine Antwort. Ihre innere Stimme war seit dem Kuss offenbar genauso durch den Wind wie sie.

Soraya sah auf. »Schön, euch so bald wiederzusehen. Jojo hat mich gestern gleich angerufen, damit ich Sonder …, *Darcy* einen Profihaarschnitt angedeihen lasse. Ich soll euch übrigens von Kevin grüßen.«

»Danke«, sagten Annika und Daniel gleichzeitig, ohne den Blick von dem Farbenmassaker abzuwenden.

»Wie süß: Zwei Liebende, ein Gedanke!«, meinte Jojo. Annika öffnete den Mund, sah dann aber ein, dass es zwecklos war. Daniel ließ sich auf das braune Cordsofa sinken.

*Hoffentlich wird er nicht wieder ohnmächtig,* meinte Annikas innere Stimme.

*Er war nicht ohnmächtig, nur bewusstlos,* berichtigte Annika. *Nach einem wirklich üblen Schlag.*

*Mit einer Handtasche.*

*Bewusstlos ist bewusstlos. Ist doch egal, womit!*

210

*Wie süß: Das Mädchen aus der Gosse nimmt seinen Prinzen in Schutz.*

*Das Mädchen aus der Gosse sagt: Fick dich!*

»Unsere Soraya ist eine richtige Künstlerin!«, rief Jojo schwärmerisch. »Darcy hat noch nie so gut ausgesehen. – Jemand Erdbeerschnitten?«

»Unbedingt«, sagte Annika.

»Dann hilf du mir doch mal eben in der Küche«, meinte Jojo nach einem Blick auf den ermattet dasitzenden Daniel.

Annika folgte ihr und nahm eine Schüssel mit Sahne und Kuchenbesteck entgegen. »Sag mal, Jojo, bist du denn gar nicht sauer auf Kevin und Soraya? Immerhin hatten sie ja die ganze Zeit euren Hund.«

Jojo arrangierte die Erdbeerkuchenstücke kunstvoll auf einem mit Tortenspitze ausgelegten Servierteller. »Da konnten die beiden gar nichts für. Ich kenne doch meinen *Darcy*: Er geht dahin, wo die Teewurst ihn hinführt. Und offenbar haben sie ihn gut behandelt, sonst wäre er nicht bei ihnen geblieben.« Sie zwinkerte Annika zu. »Atze und mir hat es auch nicht geschadet, mal allein zu sein. Wir haben tolle Neuigkeiten, erzählen wir euch gleich.«

Wenige Minuten später saßen alle zufrieden kauend um den Couchtisch herum. Atze sah sich immer wieder nach Darth Vader um, der neben der beleuchteten Glasvitrine schlief.

»Sag mal, schmeckt dir mein Kuchen nicht?«, fragte Jojo.

»Der is knorke, wie immer, mein Hümmelken«, versicherte Atze ihr. »Ich kann nur immer noch nich glauben, datt datt unser *Darcy* ist. Also, echt, Soraya, datt haste eins a hingekriegt.«

»Ihr habt Soraya also gestern noch angerufen?«, fragte Daniel. »Das ging ja schnell.«

Jojo reichte ihm ein zweites Stück Kuchen. »Warum denn nicht? Ich meine, sie ist ein Promi, ›Haare schön für Deutschland‹, ständig im Fernsehen und so. Ich konnte es nicht erwarten, sie kennenzulernen!«

Soraya senkte beschämt den Blick. »›Promi‹ würde ich nicht sagen.«

»Und bescheiden isse auch noch«, sagte Atze so stolz, als wäre Soraya seine Tochter.

*Klug, schön und voller krimineller Energie*, merkte Annikas innere Stimme an. *Die ideale Tochter für Atze, wenn er sich denn eine backen könnte.*

»Apropos backen«, sagte Annika, was ihr vier fragende Blicke einbrachte, »Kann ich noch ein Stück?«

*Haben*, mahnte ihre innere Stimme. *Das heißt: Kann ich noch ein Stück* haben.

*Du bist sowieso zu dick*, meinte Annika.

*Witzig.*

Jojo räusperte sich. »Also, ihr wisst ja, Atze und ich hatten so unsere Probleme.«

»Soraya weiß datt noch nich«, warf Atze ein.

»Jetzt schon«, meinte Soraya, und alles lachte.

»Also, ich war immer am Putzen«, erklärte Jojo, »und Atze hat so … also nicht ganz legale Geschäfte gemacht.«

»Datt versteht die Soraya schon, ne?«, sagte Atze grinsend.

*Das will ich meinen*, meinte Annikas innere Stimme. *Huh, ist das da Daniels Hand auf deinem Oberschenkel?!*

*Gewöhn dich besser dran*, erwiderte Annika und legte ihre Hand auf Daniels.

»Na, jedenfalls: Jetzt ist alles anders.« Jojo leuchtete vor Begeisterung, und Atze legte ihr liebevoll einen tätowierten Arm um die Schultern. »Atze hat einen richtigen Job!«

»Nein!« – »Glückwunsch!« – »Mega!«

Atze lächelte verlegen. »Ja, ich arbeite ab nächste Woche im Uhrenmuseum in Mülheim. Führungen machen, den Leuten auf die Finger gucken und so.« Er grinste Daniel an. »Ich weiß ja, wie 'ne echte Calatrava aussieht, datt hat die da ziemlich beeindruckt.«

Nachdem alle ihn gebührend beglückwünscht hatten, war Jojo dran. »Und ich werde etwas tun, was ich schon immer machen wollte: Schlagzeug spielen!«

Die Glückwünsche kamen zögerlich, bis Atze sagte: »Da freu ich mich schon drauf, Schnübbelken. Ich stell mir datt super vor: Ich komm nach 'nem ruhigen Tag im Museum nach Hause, und du trommels mir watt vor.« Jojo gab ihm einen Kuss.

»Hast du schon einen Schlagzeuglehrer?«, fragte Soraya. »Meine beste Freundin ist Schlagzeugerin in einer Rockband, und sie gibt auch Unterricht.«

Jojo war begeistert, und Soraya schrieb ihr die Telefonnummer ihrer Freundin auf. Dann sagte sie: »Ich muss los. Nächsten Freitag gibt es ein Cut-in in Wuppertal, da ist noch einiges zu organisieren.« Sie packte ihre Friseurtasche und verabschiedete sich von Jojo und Atze. »Und ruft jederzeit an, wenn ich Darcys Ansätze nachfärben soll, ja?« Sie stutzte und sah Daniel prüfend an. »Das gilt übrigens auch für dich. Am besten machen wir bald einen Termin.« Sie reichte jedem ihre Karte, und Atze brachte sie zur Tür.

Daniel wirkte erschöpft. Annika lehnte sich an ihn. »Ich weiß, was du wissen willst«, sagte sie sanft. »Ob auch das hier für Köln normal ist.«

»Ich bin mir sicher, es ist normal«, sagte er. »Für Köln und garantiert auch für das Ruhrgebiet.« Er streichelte

Annikas Arm. Ihre Härchen stellten sich auf. »Und, würdest du trotzdem hierbleiben?«, fragte sie.

Bevor Daniel antworten konnte, kamen Atze und Jojo zurück. »So, und getz mal Butter bei die Fische«, sagte Atze, »seit wann geht datt denn schon mit euch beiden?«

# 70. Kevin

»Kevin? Jojo und Atze lassen dir ausrichten, dass du gern ab und zu mit dem Dackel spazieren gehen darfst, wenn du willst. Und du glaubst nicht, wer mich eben angerufen hat!« Soraya stürmte in die Wohnung und blieb dann so plötzlich stehen, als wäre sie gegen eine Wand geprallt.

Als Frau Passmeyer gegangen war, hatte Kevin sie um einen Gefallen gebeten. Sie hatte kurz den Blick durch die winzige Wohnung schweifen lassen und ihm dann nicht nur fünfzig, sondern dreihundert Euro geliehen, alles, was sie im Portemonnaie hatte. »Ich weiß ja, dass Sie solvent sind«, hatte sie lächelnd gemeint.

Soraya blickte fassungslos auf ihren Tisch, den Kevin mit einer Sperrholzplatte vergrößert hatte, damit alles darauf Platz hatte, was er in Windeseile besorgt hatte: eine Vase mit langstieligen pinkfarbenen Rosen; zwei fünfarmige Kerzenleuchter, in denen rote Kerzen brannten; eine Flasche Rotwein und zwei Gläser; eine Platte mit einer Variation von Sushi, das für eine Großfamilie ausgereicht hätte; Essstäbchen, Sojasoße, eingelegter Ingwer und Wasabi und ein ausgedrucktes DIN-A4-Blatt.

Zwischen Tisch und Küchenzeile gequetscht, betrachtete Kevin Sorayas Miene, die von ungläubig zu begeistert wechselte und wieder zurück. »Hast du Hunger?«, fragte er. Soraya nickte stumm. Er führte sie formvollendet zu ihrem Platz auf der Couch. »Dann erzähl doch mal«, sagte er. »Wer hat dich denn angerufen?«

Natürlich musste er zuerst erzählen, was passiert war. »Frau Passmeyer ist gestern Nacht gestorben.«

»Das tut mir leid«, sagte Soraya, »ich weiß ja, wie gern du sie hattest.« Sie hoben ihre Weingläser und tranken auf Frau Passmeyer. Kevin wollte Soraya von dem Erbe erzählen, aber im letzten Moment überlegte er es sich anders. »Und jetzt erzähl du«, sagte er.

Soraya hatte großartige Neuigkeiten. Weil sie als Flashmob-Ikone und Galionsfigur der Bewegung »Haare schön für alle!« mittlerweile eine gewisse Berühmtheit erlangt hatte, war ein großer Verlag auf sie zugekommen. Sie wollten, dass Soraya ein Buch schrieb.

»Und dann kommen noch Talkshow-Auftritte und so dazu. Außerdem habe ich jetzt schon Anfragen für die Organisation von fünf Cut-ins und einem Bake-in.« Soraya angelte nach einer *Spicy California Roll*. »Damit können wir uns nicht nur eine größere Wohnung leisten, sondern auch dein Studium bezahlen.«

Kevin tunkte ein *Lachs-Nigiri* in die Sojasoße. »Kommt nicht infrage.«

Soraya warf ein Scheibchen Ingwer nach ihm. »Seit wann bist du denn so machomäßig drauf? Ist doch egal, ob ich das Geld verdiene oder du!«

Kevin revanchierte sich mit einem *Futo-Maki*. »Ich finde es toll, wenn du Geld verdienst«, sagte er. »Ich brauche es nur nicht.«

Soraya runzelte die Stirn. »Willst du denn nicht mehr studieren?«

Wortlos reichte Kevin ihr das Blatt, das er ausgedruckt hatte.

»Du hast dich an all diesen Unis in Belgien beworben? Aber …«

Immer noch wortlos gab er ihr Frau Passmeyers Brief. Als sie ihn gelesen hatte, sagte er: »Ihre Tochter hat mir den Brief gebracht. Und sie hat mir auch verraten, was Frau Passmeyer mir hinterlassen hat.« Er machte eine dramatische Pause und trank einen Schluck Wein.

»Deine Hand zittert ja«, sagte Soraya.

»Eine Viertelmillion Euro«, sagte Kevin.

Soraya ließ ihre Essstäbchen fallen.

Kevin grinste. »Ich mache besser noch eine Flasche Wein auf.«

# Zwei Wochen später

*Väter und Töne*

# 71. Annika

Annika traf Daniel an der Straßenbahnhaltestelle. Sie trug das einzige Kleid, das sie für einen solchen Anlass besaß: ihr Vorstellungsgesprächskleid.

»Du siehst toll aus«, sagte Daniel. »Hast du wieder vor, jemanden zu verfolgen?« Annika lachte. Hand in Hand schlenderten sie zur Oper hinüber.

Schon von Weitem waren Stimmen zu hören, die etwas skandierten. Beim Näherkommen sah man, dass sich etwa fünfzig Menschen vor dem Operneingang versammelt hatten. »Karl muss weg, Karl muss weg!«, riefen sie und schwenkten Transparente mit Aufschriften wie »Keine Witze über Jedis!« und »Wir wollen keine KARLauer!«. Auf einem Plakat klebte ein Foto von Hieronymus Karl, mit der Unterschrift: »So sieht die dunkle Seite der Macht aus!«

Eine Gegendemo aus sechs bestens gelaunten Jugendlichen gab es ebenfalls. Auf ihren Plakaten stand »Laserschwerter zu Pflugscharen«, »Wir lieben ~~Bauhaus~~Obi Wan« und »Erwachsen werden ihr müsst!«.

»Was meinst du, wo sollen wir uns einen Durchgang erkämpfen?«, fragte Daniel.

»Ich bin für die Karl-Gegner-Gegner«, sagte Annika. »Da habe ich weniger Sorge, dass die uns ein Plakat auf den Kopf hauen.«

»Annika, Daniel, wir sind hier!« Das war Jojo. Sie arbeitete sich von der Seite her durch den Pulk, gefolgt von Atze, der seinerseits David, Sissy und PJ im Schlepptau hatte. Die Demonstranten wichen vor ihnen zurück wie unbescholtene Dorfbewohner vor einer Bande Revolverhelden.

Daniel kniff die Augen zusammen. »Was haben die denn da in der Hand? Messer?!«

Annika lachte. »Häkelnadeln. Größe 12, würde ich tippen.«

Alle begrüßten sich, und kurz darauf stießen noch Chantal, Kevin und Soraya dazu. »Alle da?«, fragte Jojo. »Dann mir nach!« Und sie bahnten sich ihren Weg ins Opernfoyer.

Der Vorhang hob sich. Luke Skywalker stand inmitten einer Wüste, über sich zwei Sonnen, während ein *Millennium Falke* an Seilen von einer Seite der Bühne zur anderen gezogen wurde. Das allein brachte Annika schon dazu, hinter ihrem Programm loszuprusten. Und dann begann Luke mit seiner Arie: »In dieser Wüste steh ich ganz allein / Nur Sand und Staub meine Begleiter / Doch sieh, was glitzert in zweier Sonnen Schein? / Ein Blechgeschöpf ist's …«

Das war der Moment, in dem die ersten im Publikum sich zu lachen trauten.

Es wurde auch nicht besser, als Obi-Wan Kenobi und Luke sich trafen, obwohl Obi-Wan sich alle Mühe gab, das rosa Laserschwert so lange wie möglich unter seiner Kutte zu verbergen.

Angesichts der andauernden Heiterkeitsausbrüche unter den Zuschauern gaben die Darsteller es irgendwann auf, ihr Programm durchzuziehen, und begannen mit dem Publikum zu improvisieren. Von da an wurde es ein »megakrasser Abend«, wie Sissy später sagte.

»Nimm dieses Schwert / Und folge dem steinigen Weg / Den die Macht dir weist«, schmetterte beispielsweise Obi-Wan. Daraufhin sang PJ: »Dieser Weg / Wird kein leichter sein«, und ein Großteil des Publikums fiel mit ein: »Dieser Weg / Wird steinig und schwer.«

Die vier Klonkrieger ließen sich schon hinter den Kulissen anstecken und kamen in Can-Can-Formation auf die Bühne getanzt. Als der erste mit seinem gewaltigen Bariton über die Identitätsprobleme eines Klons zu singen begann, antwortete ihm ein anderer mit einem Rap. Das Publikum johlte und klatschte. Und selbst diejenigen, die nicht mit einstimmten, wollten das Ende dieses denkwürdigen Abends offenbar um keinen Preis verpassen: Jeder einzelne Zuschauer kehrte nach der Pause wieder in den Saal zurück.

Der Höhepunkt kam natürlich, wie es sich gehört, zum Schluss. Luke Skywalker stürmte mit gezücktem Laserschwert eine Rampe hinauf, an deren Ende Darth Vader ihn röchelnd erwartete. »Wohlan, nimm dies und dies / Und stirb mit Schrecken, Schurke!«, trällerte Luke. Sie kämpften eine Weile, dann sang Darth Vader: »Überlege wohl, ob du mich meucheln willst / Denn bedenke …« Er blickte ins Publikum und schwenkte sein Schwert wie ein Dirigent. Und der ganze Saal rief: »Ich bin dein Vater!«

Keinen hielt es mehr auf dem Sitz, alles klatschte, johlte, schrie, lachte. Die Darsteller verbeugten sich immer wieder, minutenlang. »Vater werden ist nicht schwer«, rief einer der Klonkrieger, und alle schrien gemeinsam: »Vater sein dagegen sehr!«

Nach der Vorstellung gingen alle zusammen einen trinken, und es war schon spät, als Annika und Daniel sich auf den Weg zu Daniels Wohnung machten. Seiner *Bat-Höhle*, wie Annika sie seit ihrem ersten Besuch dort nannte. Die Nacht war sommerlich warm, fernab der Hauptstraßen konnte man hin und wieder sogar Vögel zwitschern hören, und Pollen flogen in luftigen Bällen durch die Luft.

Annika nieste. »Ich denke, es wird Zeit, dass du die ganze Wahrheit über mich erfährst.«

*Dass du schnarchst, weiß er schon*, bemerkte ihre innere Stimme. *Oder geht es um dein widernatürliches Verhältnis zu Lulli Schulz?*

Annika blieb stehen und sah Daniel tief in die Augen. »*Annika Conrad* ist mein Pseudonym. Eigentlich heiße ich Jackeline Annika Wellmüller.«

Sie hatte erwartet, dass Daniel lachte und einen Scherz machte, aber er sagte nur: »Dann verrate ich dir auch meinen richtigen Namen. Wenn du mir versprichst, dass du ihn nie jemandem gegenüber erwähnst.«

Verwirrt stimmte Annika zu. Daniel zögerte. »Und ich sollte dir noch etwas sagen, denn es betrifft dich jetzt auch.«

*Er ist verheiratet? Hat Kinder? Oder, die furchtbarste Möglichkeit von allen: Er ist Roberto-Blanco-Fan?*

Annika war so angespannt, dass sie ihrer Stimme nicht einmal den Mund verbot.

»Ich heiße Leo. Leo Pelotti.«

Annika nickte. Aha! Schöner Name. Sollte ihr der etwas sagen?

»Mein Vater ist Klaus Pelotti. Ein bekannter Schweizer Kunsthändler.«

»Okay …« Entweder war dieser Mann für irgendetwas bekannt wie ein bunter Hund …

*Luftgitarre spielen, Extrembügeln, Kuhfladen-Bingo?*

… oder Annika entging etwas. »Dann weiß ich jetzt also, wer dein Vater ist.«

»Nicht ganz. Klaus Pelotti ist bei manchen unter einem anderen Namen bekannt.« Daniel sah jetzt grimmig und ängstlich zugleich aus. »Man nennt ihn *Il Serpente. Il Serpente* ist mein Vater.«

Nach einer Schrecksekunde meinte Annikas innere Stimme: *Jetzt wird mir so einiges klar.*

Auch Annika musste diese Information erst mal verdauen. Aber das dauerte nicht lange. »Dann fangen wir gleich morgen früh an.«

*Hä?*

Auch Daniel runzelte die Stirn. »Womit fangen wir an?«

»Wir werden *Il Serpente* erledigen«, sagte Annika in einem Ton, der keinen Widerspruch duldete. Leider musste sie gleich darauf niesen.

»Das kommt ja überhaupt nicht infrage!«, rief Daniel. »*Il Serpente* ist ein ganz anderes Kaliber als ein neurotischer Dackel!«

Annika grinste und marschierte los.

»Annika?« Daniel lief hinter ihr her. »Verdammt, Annika, vergiss es! Ich werde nicht zulassen …«

*Wir machen Schlangenfrikassee aus dem Kerl!*, rief Annikas innere Stimme.

*Darauf kannst du deinen nicht vorhandenen Arsch verwetten*, erwiderte Annika.

## 72. Darth Vader

Bilder-Arm und die Flieder-Frau schlafen.

Durch das offene Fenster springe ich hinaus. Ich laufe zu dem Haus, in dem Rosenfell wohnt. Sie ruft, dass ich reinkommen soll. Ich schlüpfte durch das Loch im Zaun.

Hinten im Garten finde ich Rosenfell. Ein kleiner Hund sitzt neben ihr. Er sieht aus wie Rosenfell und wie ich. Ich laufe zu ihm. Da rieche ich DIE MACHT. Er hält sie in seinen Pfoten und knurrt mich an.

Ich staune. Zum ersten Mal kann ich DER MACHT widerstehen.

Der kleine Hund kaut weiter.

Ich freue mich. Rosenfell freut sich. Der kleine Hund freut sich.

Dann will er wissen, wer ich bin.

Ich sage: »Ich bin dein Vater.«

# Danke!

Dafür, dass sie unzählige langweilige Stellen, Unstimmigkeiten und Fehler der ersten Versionen aufgespürt haben – über die ihr, liebe LeserInnen, euch nicht mehr ärgern müsst –, danke ich meinen bewährten TestleserInnen: Sandra Neumayer, Claudia Neumayer und Michael Hamannt. Vielen Dank auch an Rebecca Schaarschmidt und Uwe Raum-Deinzer für ihre inhaltlichen und stilistischen Anmerkungen, die diese Geschichte dann richtig rund gemacht haben.

Für die gedankliche Organisation eines Cut-ins bin ich Andreas Wienand von »Die Friseure Köln« ebenso dankbar wie für seine jahrelange großartige Arbeit an meinen Haaren. Und für seine Frage zu Beginn jedes Friseurtermins: »Wie immer? Grün mit pinken Strähnchen?«

Moment mal! Vielleicht hat das ja sogar zu der Idee mit dem gestylten Dackel geführt …

Frank Hatlé hat mir anschauliche Eindrücke vom Jugendarrest verschafft. Das hätte wohl nicht jeder Anwalt getan, den eine fremde Frau kontaktiert, damit er ihr hilft, ihre minderjährige Hauptfigur überzeugend in den Knast zu bringen.

Zu guter Letzt: Von »Babsie's Hook« stammen die Häkelanleitungen zu den meisten Tieren (und natürlich: den nicen Nixen!), die ich in den letzten Jahren gehäkelt habe und die in diesem Roman die Wand des *Ocean Clubs* zieren.